O Cunho do Editor

Título original:
L'Impronta dell'Editore

Incialmente publicado por Adelphi Edizioni S.p.A., Milão

Tradução:
José Jacinto Correia Serra

Revisão:
António Barrancos

Capa:
Joana Carvalho

Depósito Legal n.º 516487/23

ISBN 978-972-44-2741-6

Paginação:
Patrícia Boleto

Impressão e acabamento:
ARTIPOL - www.artipol.net

para
EDIÇÕES 70
junho 2023

EDIÇÕES 70, uma chancela de Edições Almedina, S.A.
Avenida Emídio Navarro, 81, 3D
3000-151 Coimbra
e-mail: editoras@grupoalmedina.net

O Cunho do Editor

Roberto Calasso

Tradução de José J. C. Serra

70

ÍNDICE

I

Os livros únicos

No começo, falava-se de *livros únicos*. A Adelphi ainda não tinha encontrado o seu nome. Havia apenas umas escassas ideias seguras: a edição crítica de Nietzsche, que era suficiente para orientar tudo o resto. E, depois, uma coleção de Clássicos, baseada em critérios não pouco ambiciosos: fazer bem aquilo que anteriormente havia sido feito menos bem e fazer pela primeira vez aquilo que antes havia sido ignorado. Seriam impressos por Mardersteig, assim como o Nietzsche. Na época, parecia-nos normal, quase obrigatório. Hoje seria inconcebível (custos decuplicados, etc.). Gostávamos que esses livros fossem confiados ao último dos grandes tipógrafos clássicos. Mas gostávamos ainda mais de aquele mestre da tipografia ter trabalhado durante muito tempo com Kurt Wolff, o editor de Kafka.

Para Bazlen, que tinha uma velocidade mental como nunca mais vi, a edição crítica de Nietzsche era quase óbvia. De outra forma, por onde se haveria de começar? Em Itália, ainda dominava uma cultura em que o epíteto «irracional» implicava a mais severa condenação. E o arquétipo de todo e qualquer «irracional» só podia ser Nietzsche. No resto, sob a etiqueta daquela palavra incongruente, inútil para o pensamento, encontrava-se de tudo. E encontrava-se também uma vasta parte do essencial. Que amiúde ainda não havia acedido à edição italiana, também e sobretudo por causa daquele epíteto infame. Na literatura, o *irracional* amava ligar-se ao *decadente*, outro termo de conotação repreensível. Não só determinados autores, mas também certos géneros, eram logo à partida condenados. À distância de algumas décadas, pode fazer sorrir e suscitar incredulidade, mas quem tem boa memória recorda-se de que o género *fantástico*, em si mesmo, era considerado suspeito e duvidoso. Já por aqui se perceberá que a ideia de ter como n.º 1 da Biblioteca Adelphi um romance como *L'Altra Parte*[1], de Alfred Kubin, exemplo do género fantástico em estado puro, podia parecer provocatório. Ainda por cima agravado pela proximidade da publicação do n.º 3 da coleção, de outro romance do género

---

[1] *Die Andere Seite*, título original. [N. do T.]

fantástico: o *Manoscritto Trovato a Saragozza*[2], de Jan Potocki (e não importava se, neste caso, se tratava de um livro que, olhando para as datas, poderia ter sido considerado um clássico).

Quando Bazlen me falou pela primeira vez sobre aquela nova editora que viria a ser a Adelphi — posso dizer o dia e o local, pois foi por ocasião do meu vigésimo primeiro aniversário, em maio de 1962, na *villa* de Ernst Bernhard, em Bracciano, onde Bazlen e Ljuba Blumenthal estiveram hospedados durante alguns dias —, é evidente que se referiu de imediato à edição crítica de Nietzsche e à futura coleção dos Clássicos. E alegrava-se com ambas. Mas o que mais lhe interessava eram os outros livros que a nova editora poderia publicar: livros que, às vezes, Bazlen já havia descoberto há vários anos, mas nunca *conseguira* publicar nas várias editoras com que colaborava, desde a Bompiani até à Einaudi. Do que se tratava? Em bom rigor, podia tratar-se de tudo e mais alguma coisa. De um clássico tibetano (Milarepa), ou de um autor inglês desconhecido com apenas um livro publicado (Christopher Burney), ou da introdução mais popular à etologia, ramo novo, na altura, da ciência (*L'Anello di Re Salomone*), ou de alguns tratados

---

2 *Manuscrit Trouvé à Saragosse*, título original. [N. do T.]

sobre o teatro Nō escritos entre os séculos XIV e XV. Foram estes alguns dos primeiros *livros a publicar* que Bazlen me referiu. O que é que os unia? Não era muito claro. Foi então que Bazlen, para se explicar melhor, começou a falar de *livros únicos*.

O que é um *livro único*? O exemplo mais eloquente, mais uma vez, é o n.º 1 da Biblioteca: *L'Altra Parte*, de Alfred Kubin. O único romance de um não-romancista. Livro que se lê como se entrássemos e permanecêssemos numa poderosa alucinação. Livro que foi escrito na envolvência de um delírio que durou três meses. Nada de semelhante, na vida de Kubin, antes daquele momento; nada de semelhante depois. O romance coincide perfeitamente com *algo que aconteceu*, uma única vez, ao autor. Só há dois romances que antecedem os de Kafka e onde já se respirava o ar de Kafka: *L'Altra Parte*, de Kubin, e *Jakob von Gunten*, de Robert Walser. Ambos viriam a encontrar o seu lugar na Biblioteca. Até porque, em paralelo à ideia do livro único, se tivéssemos de falar de um *autor único* para o século XX, um nome desde logo se impunha: o de Kafka.

Resumindo, o livro único é aquele em que desde logo se reconhece que algo *aconteceu* ao autor e que esse algo acabou por ser registado por escrito. E é preciso ter presente que Bazlen sentia uma notória impaciência para com a escrita. Paradoxalmente, tendo em conta que passou a vida inteira mergulhado em livros, para ele, o livro era um resultado secundário que pressupunha outra coisa. Era preciso que o escritor tivesse sido «atravessado» por esta outra coisa, que a habitasse, que a absorvesse na sua fisiologia, eventualmente (mas não era obrigatório) transformando-a em estilo. Se assim acontecia, eram esses os livros que mais atraíam Bazlen. Para se perceber tudo isto, é preciso recordar que Bazlen cresceu nos anos da máxima pretensão de autossuficiência da pura palavra literária, os anos de Rilke, de Hofmannsthal, de George. E, consequentemente, desenvolveu algumas alergias. A primeira vez que o vi, enquanto conversava com Cristina Campo sobre as suas — maravilhosas — traduções de William Carlos Williams, insistia unicamente num aspeto: «Não devemos dar demasiado ouvido ao *Dichter*...», o «poeta-criador», no sentido de Gundolf e da tradição alemã que descendia de Goethe (e de que Bazlen, de resto, conhecia perfeitamente o elevado significado).

Os livros únicos eram, por isso, também livros que tinham corrido o risco de nunca virem a ser livros. Obra perfeita é a que não deixa vestígios, inferia-se de Chuang Tzu (o verdadeiro mestre de Bazlen, se tivéssemos de referir algum). Os livros únicos eram semelhantes ao resíduo, ao *śeṣa*, ao *ucchiṣṭa*, sobre o qual não cessavam de especular os autores do Brāhmaṇ e ao qual o *Atarva Veda* dedica um hino grandioso. Não há sacrifício sem resíduo, o próprio mundo é um resíduo. É por isso que os livros têm de existir. Mas também é preciso recordar que, se o sacrifício tivesse conseguido não deixar um resíduo, os livros nunca existiriam.

Os livros únicos eram livros em que — em situações, épocas, circunstâncias, modalidades diversíssimas — se tinha jogado o Grande Jogo, no sentido do *Grand Jeu* que deu nome à revista de Daumal e Gilbert-Lecomte. Aqueles dois adolescentes atormentados, que, aos 20 anos, haviam criado uma revista em comparação com a qual o surrealismo de Breton parecia estagnado, presunçoso e antiquado, eram, para Bazlen, a prefiguração de uma nova — fortemente hipotética — antropologia, em cuja direção os livros únicos se dirigiam. Antropologia que pertence ainda, e mais do que antes, a um futuro eventual. Quando o Movimento de 1968 irrompeu, alguns anos depois, pareceu-me, antes de mais, irritante, como uma paródia desengraçada. Se se pensava no *Grand Jeu*, essa era uma maneira modesta e gregária de revolta, como viria a aparecer claramente nos anos seguintes.

O Monte Análogo a que Daumal dedicou o seu romance incompleto (que viria a ser o n.º 19 da Biblioteca, acompanhado de um ensaio densíssimo de Claudio Rugafiori) era o eixo — visível e invisível — que orientava o rumo da frota de livros únicos. Mas isso não nos deve fazer pensar que aqueles livros subentendiam, de quando em vez, um qualquer esoterismo. Como prova do contrário, basta referir o n.º 2 da Biblioteca, *Padre e Figlio*[3], de Edmund Gosse: relato minucioso, calibrado e dilacerante da relação pai–filho no período vitoriano. História de uma inevitável incompreensão entre dois seres solitários, uma criança e um adulto, que sabem, em simultâneo, respeitar-se inflexivelmente. Como pano de fundo: a geologia e a teologia. Edmund Gosse viria, depois, a ser um ótimo crítico literário. Mas quase sem vestígios daquele ser que se narra a si mesmo em *Padre e Figlio*, o ser a quem ser pai e ser filho acontece. Por isso, *Padre e Figlio*, como texto memorialístico, possui algo da unicidade daquele romance, *L'Altra Parte*, que o precedeu na Biblioteca.

Entre livros tão diferentes, qual poderia ser, então, o requisito indispensável, o requisito que, de todas as formas, deveria ser reconhecível?

---

[3] *Father and Son*, título original. [N. do T.]

Porventura, apenas o «tom certo», outra expressão que Bazlen por vezes utilizava, como argumento final. Nenhuma experiência, isoladamente, era suficiente para fazer nascer um livro. Havia muitos casos de temas fascinantes e significativos, que, no entanto, tinham dado origem a livros sem chama. Também aqui nos socorria um exemplo: durante a última guerra, muitas pessoas haviam sido presas, deportadas, torturadas. Mas para se constatar como a experiência do mais total isolamento e desamparo podia ser elaborada e transformar-se em experiência de descoberta de algo mais, narrada com sobriedade e lucidez, era preciso ler *Cella d'Isolamento*[4], de Cristopher Burney (n.º 18 da Biblioteca). O autor, após este livro, regressou ao anonimato. Talvez porque não quisesse ser escritor de uma obra, mas porque a obra (aquele livro) se serviu dele para existir.

Escolhido o nome da coleção, agora era necessário idealizar o aspeto. Concordámos logo sobre o que era importante evitar: o branco e os designers. O branco porque era o aspeto principal do grafismo Einaudi, o mais bonito em circulação na altura, e não apenas em Itália. Por isso, era obrigatório tentar diferenciarmo-nos ao máximo.

---

[4] *Solitary Confinement*, título original. [N. do T.]

Assim, apostámos na cor e no papel opaco (o nosso *imitlin*, que nos acompanha desde então). Quanto às cores, as que se usavam naquele tempo no mundo editorial italiano eram muito poucas e sobremaneira acentuadas. Era necessário explorar várias gamas de tons intermédios.

Também queríamos prescindir dos designers, porque — fossem eles bons ou menos bons — tinham um vício em comum: fizessem o que fizessem, via-se logo que tinha sido feito por um designer, segundo determinadas regras um pouco fundamentalistas seguidas à letra pelos sequazes da vulgata modernista. Na nossa opinião, havia alternativas. Certo dia, começou a circular pela editora um repertório da obra de Aubrey Beardsley. No fim da obra, apareciam algumas maquetes de capas, por ele desenhadas para a coleção Keynotes da editora John Lane, situada na Vigo Street, em Londres, em 1895. Com pequenas alterações — introduzindo a expressão Biblioteca Adelphi em substituição do friso que Beardsley tinha inserido na faixa superior preta —, a capa já estava feita. E, sobretudo, utilizava-se uma moldura para introduzir um elemento que considerávamos essencial: a imagem. E, assim, em homenagem a Beardsley, decidimos que o n.º 2 da coleção — *Padre e Figlio*, de Edmund Gosse — iria acolher no seio da moldura o desenho que Beardsley havia criado para *The Mountain Lovers*, de Fiona Macleod.

Vários anos depois, num antiquário, fiquei surpreendido por encontrar a brochura publicitária que apresentava a coleção Keynotes. E tive quase uma sensação alucinatória quando vi reproduzida a capa desenhada por Beardsley para o *Prince Zaleski*, de M. P. Shiel. Que coincidência astral… M. P. Shiel, completamente esquecido em Inglaterra, era o autor de *Nube Purpurea*[5], que, porventura, havia sido a última descoberta entusiasmante de Bazlen, quando andava à procura de livros para a Adelphi, e se tornou um dos primeiros sucessos imediatos da Biblioteca. Publicado em 1967, magistralmente traduzido e introduzido por Wilcock, foi logo reimpresso e tornou-se rapidamente um livro de referência — tal como *Il Libro dell'Es*[6], de Georg Groddeck — para os primeiros leitores «adelphianos».

Nome, papel, cores, design gráfico: todos eles eram elementos essenciais da coleção. Faltava ainda o elemento que permite reconhecer um livro: a imagem. O que deveria ser aquela imagem na capa? Tento defini-la como *écfrase invertida*.

---

[5] *The Purple Cloud*, título original. [N. do T.]

[6] *Das Buch vom Es*, título original. [N. do T.]

Como é óbvio, nunca conversámos entre nós sobre nada de semelhante, mas agíamos como se estivesse subentendido. *Écfrase* era a palavra que se usava, na Grécia Antiga, para indicar o processo retórico que consiste em traduzir em palavras as obras de arte. Há livros — como, por exemplo, *Immagini*, de Filostrato — exclusivamente dedicados à écfrase. Entre os modernos, Roberto Longhi foi um sumo virtuoso da écfrase. Aliás, pode dizer-se que os aspetos mais audazes e reveladores dos seus ensaios são as descrições dos quadros, muito mais do que as polémicas e as análises. Mas, além de Longhi, o mestre inigualável da écfrase é Baudelaire. Não apenas na prosa, mas também nos versos: quando definiu Delacroix «*lac de sang hanté des mauvais anges*» ou David como «*astre froid*», Baudelaire dizia acerca destes dois pintores o que de mais preciso e insubstituível a palavra é capaz de alcançar. Pois bem, o editor que escolhe uma capa — saiba-o ou não — é o último, o mais humilde e obscuro descendente da estirpe daqueles que praticam a arte da écfrase, só que desta vez aplicada ao contrário, portanto, tentando encontrar o equivalente, ou o *analogon*, de um texto numa só imagem. Saibam-no ou não, todos os editores que utilizam imagens praticam a arte da écfrase invertida. Também as capas tipográficas são uma aplicação dessa arte invertida, embora menos evidente e atenuada. E sem distinção de qualidade: para um romance de *pulp fiction*, esta arte não é menos importante do que para um livro com ambição literária desmedida. Todavia, é necessário acrescentar um detalhe decisivo: trata-se de uma arte agravada por dura escravidão. A imagem que vai ser o *analogon* do livro tem de ser escolhida não tanto por si mesma, mas sobretudo tendo em conta uma entidade indefinida e ameaçadora que age como juiz: o público. A imagem não pode ser apenas adequada. Deve também ser percecionada como adequada por múltiplos olhares alheios, que geralmente ainda nada sabem sobre o que vão encontrar no livro. Situação paradoxal, quase cómica no seu incómodo: é preciso oferecer uma imagem que suscite curiosidade e atraia um desconhecido a pegar num objeto de que nada sabe a não ser o nome do autor (que amiúde vê pela primeira vez), o título, o nome da editora e o texto da badana (sempre suspeito, uma vez que é escrito *pro domo*). Ao mesmo tempo, contudo, a imagem da capa também deve ser adequada *após* o desconhecido ter lido o livro, quanto mais não seja para que não fique a pensar que o editor não sabe o que publica. Tenho dúvidas de que haja muitos editores a dedicar-se a este raciocínio. Mas sei que todos, indistintamente — os melhores e os piores — colocam a si mesmos uma pergunta que só aparentemente é mais simples: esta imagem vende ou não vende? Quando a analisamos de perto, esta pergunta é mais próxima de um *kōan* do que de outra coisa qualquer. *Vender* indica, neste caso, um processo bastante obscuro: como suscitar o desejo por algo que é um objeto composto, em larga medida desconhecido e, igualmente, elusivo? Nos Estados Unidos e em Inglaterra, diariamente, equipas de sofisticados *art directors* encontram-se na seguinte situação: é-lhes dado *um objeto* (um livro, que terão lido ou não) munido de algumas características primárias e secundárias (a tiragem estimada, o tipo de público a que se dirige, os temas de que trata e que mais poderão atrair). A tarefa da equipa é a de discernir a imagem e o *packaging* mais eficaz para «embrulhar» o objeto. O resultado são os livros norte-americanos e ingleses dos nossos dias. Por vezes, feios, outras vezes, brilhantes, mas sempre ligados a este processo, que os torna demasiado parecidos uns com os outros. É como se uma mesma central — com sectores altamente especializados e outros sobremaneira arcaicos — fornecesse todas as capas que se podem observar nas estantes de uma livraria. O sistema pode agradar ou não. Todavia, no que respeita à Adelphi, a metodologia aplicada foi sempre a oposta.

Antes de mais, achávamos que, no imenso repertório de imagens existentes — fossem quadros, fotografias ou desenhos —, haveríamos de encontrar, de quando em vez, com um pouco de paciência e tenacidade, alguma coisa adequada ao livro que estávamos a publicar. Por isso, nunca precisámos de solicitar uma capa a uma entidade externa. Como tal, durante mais de 30 anos, Foà e eu examinámos, experimentando e reexperimentando, centenas de imagens, formatos e cores de fundo. Bazlen já não conseguiu participar neste jogo, pois o final da impressão do primeiro livro coincidiu com o mês do seu falecimento: julho de 1965. Mas, de variadas maneiras, participavam e participam no jogo todos os colaboradores da editora. Incluindo o autor, quando estava disponível. E toda e qualquer sugestão vinda do exterior é sempre bem-vinda. Porque, por vezes, a escolha é um quebra-cabeças. E também não faltam os arrependimentos e os arrependimentos pelos arrependimentos. Um exemplo: para o livro *Padre e Figlio,* de Gosse, quando chegou o momento da segunda edição, pensámos em mudar a capa, substituindo as flores de Beardsley pela esplêndida fotografia de Gosse, pai e filho, que, na primeira edição, havia sido colocada na folha de guarda da capa. Se fosse hoje, tenderia a voltar à primeira edição.

A arte da écfrase invertida precisa de tempo — muito tempo — para se desenvolver, expandir e respirar. A sua finalidade é um reticulado de imagens que não só correspondam, cada uma, a um único objeto (o livro em que são usadas), mas também que se correspondam entre si, de maneira não muito diferente de como os vários livros da coleção correspondem entre si. Deste modo, criam-se estranhos fenómenos de afinidade irresistível em que certos pintores eram atraídos por certos autores. Por exemplo, Simenon e Spilliaert. Tal como Simenon, Spilliaert era belga, começando a aparecer nas capas de Simenon em 1991, no livro *L'Uomo che Guardava Passare i Treni*[7] (na coleção gli Adelphi). E, desde então, voltou a aparecer mais 12 vezes. Deixando sempre a impressão — em nós, mas também nos leitores, como pudemos constatar — de que se tratava da imagem *adequada*. Deste modo, sempre que se publica um Simenon na Biblioteca, surge, espontaneamente, a procura do Spilliaert mais adequado. Se Simenon sempre foi celebrado como escritor das atmosferas, pode supor-se que algo dessas atmosferas também emana das telas de Spilliaert ou que já lá existam à espera de serem nomeadas pelo escritor Simenon. O que têm em

---

7 *L'Homme qui Regardait Passer les Trains*, título original. [N. do T.]

comum é uma espécie de escassez, de rudeza, de lividez, um certo fundo desolado de tudo. E pode emanar de um cabide, de um móvel velho, do reflexo de um espelho ou do areal de Ostende.

Mas Spilliaert também se liga bem a outro autor, muito diferente: Thomas Bernhard. A história de ambos pode ajudar a compreender os estranhos cruzamentos que se criam quando se pratica a écfrase invertida. Quando chegou o momento de publicar o primeiro dos cinco volumes da autobiografia de Bernhard, recordo que não sabia bem o que fazer. Porque Bernhard pertence, em grau elevado, ao grupo dos autores para os quais é muito difícil encontrar uma imagem para pôr na capa (e, de facto, na Suhrkamp, os seus romances sempre tiveram capas gráficas). É como se a sua elevadíssima idiossincrasia se estendesse ao reino das figuras, rejeitando-as. Finalmente, a escolha recaiu numa imagem de Spilliaert: um muro comprido e baixo, atrás do qual se expande um céu amarelo-avermelhado e, ao lado, se perfila uma árvore de ramos densos e secos. Não saberia dizer por que razão aquela imagem me pareceu adequada para *L'Origine. Un Accenno*[8], livro centrado em Salisburgo, cidade barroca infetada de nazismo

---

[8] *Die Ursache. Eine Andeutung*, título original. [N. do T.]

e intolerância. Mas não fiquei descontente com a escolha. Dois anos depois, foi a vez do segundo volume da autobiografia, *La Cantina. Una Via di Scampo*[9]. E também desta vez me fixei numa imagem de Spilliaert: vários troncos de árvore nus num campo despido. Depois, veio o terceiro volume, *Il Respiro. Una Decisione*[10] — outra imagem de Spilliaert: uma árvore altíssima com inúmeros ramos secos. Por esta altura, já se havia criado uma cumplicidade e uma aliança secreta entre a autobiografia de Bernhard e as árvores de Spilliaert. No quarto volume, *Il Freddo. Una Segregazione*[11], surge nova imagem de Spilliaert: uma estrada de inverno, ladeada de árvores de ramos secos. Chegado ao último volume da autobiografia, *Un Bambino*[12], senti-me sobremaneira incerto. Porventura, não terei encontrado mais árvores em Spilliaert, mas, ainda assim, a escolha recaiu de novo num quadro dele: uma imagem com caixas coloridas empilhadas umas em cima das outras. Era uma capa estranhamente adequada para aquele livro, com algo

---

[9] *Der Keller. Eine Entziehung*, título original. [N. do T.]

[10] *Der Atem. Eine Entscheidung*, título original. [N. do T.]

[11] *Die Kälte. Eine Isolation*, título original. [N. do T.]

[12] *Ein Kind*, título original. [N. do T.]

de infantil e também de alegre, sem razão e sem necessidade de recorrer à figura de uma criança.

Encontrei Bernhard poucas vezes, todas elas memoráveis. A primeira vez foi em Roma, com Ingeborg Bachmann e Fleur Jaeggy, no início da década de 1970. Bernhard havia lido um texto seu no Instituto Austríaco. Contou-nos que o diretor do Instituto se preocupou logo em lhe dizer, com a cerimónia típica vienense: «A cama onde vai dormir é a mesma em que o Johannes Urzidil morreu há alguns meses.» Nessa noite, Bernhard ficou em silêncio até após a meia-noite. Depois, instado a dizer alguma coisa, falou ininterruptamente durante algumas horas, contando uma série de histórias hilariantes e muito macabras até ao amanhecer. Os temas? Irlandeses, cemitérios, comprimidos (para as insónias), camponeses. Quando o acompanhámos de regresso ao Instituto, já era de dia. Alguns anos mais tarde, em Viena, entreguei-lhe um exemplar da sua autobiografia, que tinha acabado de sair. Folheou-o, observou atentamente a impressão, parecia ser do seu agrado. Depois, disse que o papel era bom. Nem uma palavra mais. E começou a falar sobre outra coisa qualquer. Tenho de acrescentar que nós nunca conversámos sobre livros, muito menos sobre os seus livros. Essa foi a última vez que o vi.

Pouco tempo após a sua morte, em julho de 1989, chegou-me da editora Residenz o livro *In der Höhe*, de Bernhard. Talvez o autor não tenha tido tempo para ver um exemplar terminado da obra. O livro impressionou-me como um *déjà vu*. Na capa: ramos secos, fundo pálido, poucas e delicadas manchas de cor. Não era uma obra de Spilliaert, mas poderia bem sê-lo. A capa não era em papel brilhante, como a de todos os livros da editora Residenz, mas sim opaca, do tipo que nós costumávamos usar. A estrutura gráfica da página era igual à da coleção (Narrativa Contemporanea) da Adelphi onde tinham sido publicados os primeiros volumes da autobiografia de Bernhard. Telefonei à Residenz e perguntei como explicavam aquela mudança que fazia com que o livro fosse diferente de todos os outros da editora. Disseram-me que tinha sido por vontade explícita de Bernhard. Aliás, tinha posto mesmo como condição que o livro fosse publicado daquela maneira. Entendi-o como um gesto de despedida.

Com os anos e a prática, com os erros e as correções, também na procura de imagens adequadas para os livros da Biblioteca fomos identificando alguns critérios: antes de mais, evitar, em linha de princípio, os mestres antigos, os pintores demasiado identificáveis e as imagens demasiado divulgadas, pois o elemento-surpresa — na própria imagem ou na ligação ao livro — era um requisito fundamental (mas também neste caso, como no resto, aliás, haveria exceções: por exemplo, as violetas de Dürer na capa do livro *Il Poeta e il Tempo*, de Marina Tsvetáeva); e, depois, identificar certos pintores que, por razões não facilmente decifráveis, parecem ter tido, independentemente da época em que viveram, uma espécie de vocação para se tornarem capas que, porventura, os contrariariam (por exemplo, Blake); outro critério: ir buscar, intencionalmente, grandes desconhecidos (como Spilliaert) ou nunca reconhecidos plenamente (como Vallotton) ou não ainda acolhidos na perceção geral (como Hammershøi). Por fim, eleger uma espécie de clube de afinidades, que viessem em auxílio nos mais diferentes casos: George Tooker (para Kundera, Burroughs, Kunze, Nabokov, Sacks, Sciascia), Alex Colville (para Mutis, Simenon, Christina Stead, Pirsig), Oelze (para Benn, Sacks, Burroughs, Šalomov, C. S. Lewis), Meredith Frampton (para Nabokov, Muriel Spark, Ivy Compton-Burnett, Henry Green).

Subentendendo todos estes artifícios, assim que se colocam lado a lado, como em cima de uma mesa enorme, as várias centenas de imagens que aparecem nas capas da Biblioteca ao longo de quase 50 anos (sobretudo se as juntarmos às capas das duas coleções paralelas: Fabula e gli Adelphi), não é difícil identificar uma trama de linhas que se sobrepõem às linhas canónicas da história da arte, que lhe fazem de contraponto e as perturbam. Mas estas coisas têm necessariamente de ser ditas de fugida. O leitor é que as há de descobrir, percorrendo mentalmente os caminhos e os motivos que levaram a certas ligações entre a imagem de capa e o livro.

Viena era muito diferente antes de descobrir que era a Grande Viena. Na canícula do verão de 1968, as vitrinas ainda estavam apinhadas de objetos feios, com o respetivo cartão do preço, como num prolongado pós-guerra de província. Klimt e Schiele jaziam ainda nos armazéns dos antiquários. De Karl Kraus falavam apenas certos senhores de boas maneiras, que se recordavam de terem vivido quando o seu génio sacudia a cidade. Um deles contou-me que tinha vendido a sua coleção completa da Die Fackel a um oficial norte-americano por um grande número de maços de tabaco. Mas os livros de Kraus não se viam em circulação. Estavam a ser lentamente reimpressos por uma editora, a Kösel, que se dedicava sobretudo à teologia.

Edições nobres, mas invisíveis entre as novidades. Ao trabalhar sobre Kraus, que pus na cabeça que haveria de traduzir, tornava-se cada vez mais claro que a sua Viena havia sido realmente aquele «ponto cósmico» da Sirkecke sobre a qual um dia escrevera: uma constelação admirável — iniciada com o jovem Hofmannsthal sob o pseudónimo Loris, perfeitamente maduro aos 18 anos — que certamente mergulhou no abismo quando Freud e os seus sequazes, graças à ajuda de Marie Bonaparte, conseguiram apanhar o comboio para Londres. Entre estes dois momentos, tinha passado por aquelas ruas uma grande parte das perguntas e das formas que o tempo não afetou. Aliás, sobressaíam mais do que nunca, dada uma certa tranquila radicalidade que não tinha sido alcançada noutros lados. Schönberg e Wittgenstein, Musil e Gödel, Kraus e Hofmannsthal, Freud e Roth, Schnitzler e Loos: todos se haviam cruzado na Graben, todos haviam interagido ou se ignorado, amiúde, todos se haviam detestado. Mas aquilo que os ligava era muito mais forte, e só agora começava a emergir. Dito de uma forma mais elementar: em nenhum outro lugar como em Viena se haviam levantado com tanta lucidez as questões últimas sobre a linguagem (que podia ser a língua do dia a dia e dos jornais, para Kraus; ou os sistemas formais, para Gödel; o sistema tonal, para Schönberg; os quebra-cabeças oníricos, para Freud).

O êxito da Biblioteca começou a cristalizar-se quando um certo número de leitores descobriu, livro após livro, que aquela constelação se ia desenhando, sem exclusão prévia de géneros e no contexto da mesma coleção. O fenómeno pode ser avaliado pelas reações a Joseph Roth. Em 1974, publicámos *La Cripta dei Cappuccini*[13] com uma tiragem de 3000 exemplares. Roth era um nome que, naquele momento, ninguém conhecia. O livro foi logo reimpresso, mantendo-se, porém, na ordem dos poucos milhares de exemplares. Contudo, rapidamente se ultrapassou esse limiar. Apenas dois anos a seguir ao *La Cripta dei Cappuccini*, o livro *Fuga senza Fine*[14] foi logo acolhido com entusiasmo por um vasto público. E com admiração constatámos que, num momento em que a palavra *literatura* era famigerada, o romance era clandestinamente adotado pelos jovens de extrema-esquerda. Recordo alguns do Lotta Continua: diziam que se tinham identificado com a história ou que, pelo menos, gostariam de se identificar com ela. Espero que tenham seguido Roth também noutras coisas.

---

[13] *Die Kapuzinergruft*, título original. [N. do T.]

[14] *Die Flucht ohne Ende*, título original. [N. do T.]

Assim, passados mais dois anos, em 1978, para um livro que não é dos mais importantes de Roth, *Il Profeta Muto*[15], decidimo-nos logo por uma tiragem de 30 000 exemplares porque muitas livrarias no-lo pediram. E muitos exemplares venderam-se de imediato. A capa tinha uma imagem de Schiele, que parecia ainda ser utilizável sem suscitar problemas (não é fácil imaginar um tempo em que Schiele ou Hopper ainda *não* estavam nos olhos de todos e em cartazes por todo o lado). O sucesso, a verdadeira moda de Joseph Roth em Itália, deveu-se não só ao reconhecimento do seu fascínio cativante como narrador mas também ao facto de que em seu redor — e também na Biblioteca — se posicionavam os outros astros da constelação vienense. E viria também o tempo dos autores mais discretos e fugazes para as histórias literárias, como Altenberg e Polgar. Ou de um estrepitoso criador de enredos como Lernet-Holenia, a quem a cultura de origem continua a opor uma surda resistência.

Mas também é importante recordar outro aspeto, que o público não podia deixar de desconhecer e que tem um sabor intensamente editorial. O facto de a prosa e o fraseado de Joseph Roth terem entrado tão facilmente nas veias da língua italiana

---

15 *Der Stumme Prophet*, título original. [N. do T.]

deve-se também ao mérito não apenas dos seus inúmeros tradutores mas sobretudo do seu *único revisor*: Luciano Foà. Livro a livro, desde *La Cripta dei Cappuccini* (1974) até *I Cento Giorni*[16] (1994), Foà reservava todos os anos um certo número de semanas para *rever* Roth. Parecia que era uma tarefa sua óbvia e inalienável. E o resultado era aquela precisão no detalhe e aquela camada delicada que protegia o conjunto da obra, sem as quais não se consegue captar a peculiaridade de Roth. Foà gostava incondicionalmente de poucos autores. Em primeiro lugar, estavam Stendhal e Kafka. E em Roth reconhecia a máxima aproximação a Stendhal que o século XX havia alcançado.

A ligação firme entre o nome Adelphi e a Mitteleuropa estabeleceu-se entre 1970 e 1980, sobretudo através de um certo número de títulos da Biblioteca. O primeiro foi *Andrea o I Ricongiunti*[17], de Hofmannsthal, a que se seguiram, na mesma coleção, Kraus, Loos, Horváth, Roth, Schnitzler, Canetti e Wittgenstein. E dou-me agora conta de que, em 1980, ainda não tinham sido publicados Altenberg, Polgar e Lernet-Holenia.

---

[16] *Die Undert Tage*, título original. [N. do T.]

[17] *Andreas oder die Vereinigten*, título original. [N. do T.]

Mas a memória prega partidas estranhas, sobrepondo perspetivas posteriores às do momento em que as coisas aconteceram e descurando detalhes que eram vívidos na altura. Por isso, foi um alívio quando me apareceram de novo nas mãos, por acaso, algumas folhas manuscritas em que escrevi as palavras de agradecimento que pronunciei em setembro de 1981, quando as autoridades austríacas tiveram a generosidade de me atribuir a *Ehrenkreuz litteris et artibus* (e a palavra *Ehrenkreuz* suscitava de imediato em mim a recordação de uma das mais irresistíveis prosas de Kraus, dedicada a defender uma prostituta que ousara pôr ao peito aquela honorificência que havia sido dada a um seu cliente). Cito-as aqui na íntegra, pois dão a ideia de como aqueles factos foram vividos na época: «Quando era criança, já na escola primária, tal como todas as crianças italianas dos últimos cem anos, encontrei a Áustria pela primeira vez no manual escolar, no qual se falava do marechal Radetzky, apelidado de «a fera». A fera Radetzky foi, portanto, o primeiro austríaco com quem entrei em contacto. Depois, aprendia-se de cor o poema *Sant'Ambrogio*, de Giuseppe Giusti — e aí encontrávamos outros austríacos, mais anónimos, soldados com bigodes de sebo, gente pobre «num país, aqui, que lhes quer mal».

«Para minha fortuna, sempre tive tendência para considerar irreais as coisas que lia nos livros de história. Por isso, apaguei da minha memória todas as imagens demasiado precisas que eu tinha da Áustria, até que certo dia, em 1957, com 16 anos, vi, na livraria Hoepli de Roma, o primeiro volume de *L'Uomo senza Qualità*[18], de Robert Musil, publicado pela Einaudi. O nome era de um desconhecido, a capa tinha um belo quadro de Vuillard. Algo naquele livro me atraiu de imediato: fui conquistado pelo retrato de Leona, a amante de Ulrich de vida ligeira, gulosíssima, que, no restaurante, pede sempre "*pommes à la Melville*". E, logo de seguida, fui conquistado pelo capítulo em que se começa a delinear uma descrição de Kakânia, «aquele Estado incompreendido e já desaparecido, que em muitas coisas foi um modelo pouco apreciado». Neste país com nome de opereta, mas cujo centro de gravidade é um grande criminoso — Moosbrugger —, encontrei definitivamente a Áustria, não apenas como entidade da história mas também como lugar da alma. E pouco a pouco o país começou a povoar-se para mim, no seu cruzamento de nações e de diferenças: era igualmente terra de Kafka e de Schönberg, de Loos e de Kubin, de Altenberg

---

[18] *Der Mann ohne Eigenschaften*, título original. [N. do T.]

e de Schiele, de Wittgenstein e de Freud, de Polgar e de Schnitzler.

«Esse lugar, depois, também se povoou para mim com pessoas vivas que, em dois casos, foram determinantes na minha vida: Roberto Bazlen e Ingeborg Bachmann. Através deles e através daqueles inúmeros amigos invisíveis que são os escritores já falecidos, fui naturalmente levado a viver nesses lugares, desses factos, dessa frágil cristalização de civilização. Deste modo, quando depois começaram a ser publicados os livros da editora Adelphi, que tem para com Bazlen uma gratidão inesgotável, nunca pensámos em dirigir-nos àqueles autores para — como se diz — «colmatar uma lacuna» ou «explorar o filão». A Adelphi, como o próprio nome diz, é uma empresa fundada sobre a afinidade: afinidade entre as pessoas e afinidade entre os livros. E foi por razões de afinidade que nos virámos com tanta frequência para as obras daquele contexto austríaco de que falei.

«No começo, as reações foram lentas e incertas: não só quando publicámos Kubin, em 1965, mas também quando publicámos Kraus, em 1972. Um protagonista ilustre do mundo editorial [tratava-se de Erich Linder, que, naquele tempo, era porventura o mais importante agente literário do mundo e certamente o mais culto] predisse-me, na época, para Kraus, uma venda de 20 exemplares. Atualmente, o livro já chegou à quarta edição. Mas o caso mais óbvio de paixão por um grande autor austríaco foi o de Joseph Roth: a propósito do qual se pode dizer que a Itália é o único país onde hoje o apelido Roth evoca de imediato o nome do austríaco Joseph e não o do norte-americano Philip. Mas não quero aqui percorrer o destino de muitos autores «kakânicos» ao longo destes anos e, em particular, certos livros deles que a Adelphi publicou. Estou a pensar num dia em que apareceu um artigo de Alberto Arbasino em que se dizia que a editora Adelphi deveria chamar-se Radetzky. Nesse dia, tive a sensação de que se fechava um ciclo: a fera Radetzsky tornara-se um nosso antepassado totémico. O seu exército, de esplêndidos uniformes, é agora um exército disperso, literário e invisível, em que o último oficial sobrevivente é porventura, sem sabê-lo, Fred Astaire, que, na realidade, se chamava Frederick Austerlitz e era filho, precisamente, de um oficial austríaco. Esta cruz que hoje recebo é, para mim, de certo modo, um sinal que chega até mim vindo daquele exército invisível.»

Havia, depois, certos livros que pareciam ter nascido de propósito para a Biblioteca. Certo dia, Angelica Savinio enviou-nos um manuscrito inédito do seu pai. Era a *Nuova Enciclopedia*. Insatisfeito com todas as enciclopédias, Savinio tinha elaborado uma com as suas próprias mãos. A primeira entrada: «*Abat-jour*». Teria bastado isso para nos conquistar. Depois, o livro avançava com altos e baixos, com inúmeras pontas de inteligência e ironia, num tom amável, entre o astuto e o sardónico. Savinio quis transformar a forma enciclopédica — anónima e coletiva por excelência — numa concretização da mais elevada idiossincrasia: é difícil pensar num *livro único* mais exatamente correspondente à definição. Naquele tempo, de Savinio, tínhamos publicado apenas *Maupassant e «l'Altro»*, um livro indefinível, a transbordar de genialidade, que já Debenedetti havia tentado recuperar na coleção Silerchie. No resto, a obra de Savinio estava submersa e o seu nome rodeado por uma vasta auréola de silêncio. Nas genealogias literárias nunca aparecia. E, no entanto, conhecia toda a gente e escrevia incansavelmente nos jornais e nas revistas mais famosas. Mas tinha contra ele uma antiga e letal fama. Uma voz sem nome e incessante dizia repetidamente: «Savinio? É demasiado inteligente.» Faltava-lhe, ao que parece, aquela sã ignorância que alguns consideravam própria do verdadeiro artista. Como é óbvio, havia outras razões para o rejeitarem. Antes de mais, a sua capacidade para se manter desligado da sociedade literária que o rodeava, o seu modo imprevisível de lidar com todas as coisas, desde os *abat-jours* até aos *zampironi*[19] (penúltima entrada da *Nuova Enciclopedia*). Mas estas suas imperfeições eram precisamente aquilo que nos fazia gostar dele. E foi assim que Savinio entrou de velas desfraldadas na Biblioteca com a sua *Nuova Enciclopedia*, que também poderia ser considerada a enciclopédia mais adequada para integrar a tribo diversificada que a precedera na coleção.

Foi com Joseph Roth que fizemos uma clara e decisiva correção de rota. Na sua versão mais radical, a ideia bazleniana do *livro único* opunha-se inclusivamente à ideia de obra. Para Bazlen, era muito mais importante o momento, a concretização particular, do que a obra nas suas ramificações. Era uma ideia muito audaz, de longo alcance, e o tempo, porventura, ainda não estava suficientemente maduro para tal. Mas o que deveríamos ter feito com Roth? *La Cripta dei Cappuccini* era um dos seus grandes romances, mas para o compreender verdadeiramente era preciso posicioná-lo em sequência com todos os outros. Alguns dos quais

---

[19] Incenso repelente de insetos em forma de espiral. [N. do T.]

não menos belos. Roth é o autor de uma concatenação narrativa, como poucos outros. E assim aconteceu que, desde 1974 até 1994, ano após ano, fomos publicando a obra narrativa *completa* de Roth (seguindo-se os seus magníficos artigos de jornal). E, com efeito, foi um procedimento que a partir de então começámos a aplicar também — mal a questão dos direitos de autor o permitisse — a mais alguns autores: Blixen, Borges, Nabokov, mas também Maugham e, por fim, com uma expansão impressionante de títulos, Simenon.

Estava a escrever estas observações sobre as capas quando o suplemento *The New York Times Magazine* publicou um longo artigo de Kevin Kelly (designado mesmo como «um manifesto») intitulado: «O que vai acontecer aos livros?» O referido suplemento descreve Kelly como «*Senior Maverick*» da revista *Wired*, por isso é um autor abalizado por definição.

Num primeiro momento, pensei na enésima repetição dos alarmes — que hoje nos fazem rir quando os lemos — que se tinham seguido ao aparecimento do computador, a propósito dos CD-ROM ou dos *e-books* ou de outras invenções agora obsoletas. Mas neste caso havia qualquer coisa de mais subtil, que se conseguia identificar logo na legenda de uma das fotografias sobranceiras ao título do artigo: «Não se pode julgar um livro pela capa se a capa já não existir.» Ainda antes de o livro em si mesmo, o alvo era precisamente aquele estranho objeto sobre o qual eu estava a escrever: a capa. O início do artigo não era muito diferente do início de um livro de *suspense*: «Em várias dezenas de anónimos blocos de escritório espalhados pelo mundo inteiro, milhares de trabalhadores assalariados debruçam-se sobre *scanners* e colocam livros cheios de pó em cima de maquinaria de alta tecnologia. Compõem a biblioteca universal página a página.» Só estas linhas já dão uma vaga sensação de deportação e massacre. E percebe-se logo que algo muito grave — não se sabe se admirável ou nefasto — está em curso. A orientação fica clara na frase seguinte: «O sonho é antigo: concentrar todo o conhecimento, antigo e novo, num único lugar.» E desde quando é que o sonho antigo se tornou operacional? Desde dezembro de 2004, quando a Google anunciou que iria digitalizar os livros de 50 bibliotecas importantes (entre as quais, naturalmente na primeira linha, a de Stanford). O artigo prossegue, como é de dever, referindo alguns números. A humanidade, é-nos dito, já terá «"publicado", a começar pelas tabuinhas sumérias, cerca de 32 milhões de livros».

Esta seria a base da «biblioteca universal». Mas o demónio logo intervém: «Mas por que razão paramos por aqui? A biblioteca universal deveria incluir uma cópia de todos os quadros, fotografias, filmes e composições musicais produzidos por todos os artistas, atuais e do passado. E também deveria incluir todas as transmissões radiofónicas e televisivas. E a publicidade. E como esquecer a Rede? A grande biblioteca, obviamente, deve ter uma cópia dos milhares de milhões de páginas *web* mortas, que já não estão online, e das dezenas de milhões de publicações nos *blogs*, entretanto perdidos — a literatura efémera do nosso tempo». Estas últimas sonhadoras palavras não bastam para apagar a sensação de terror e de paralisia que as anteriores já provocaram. Trata-se da forma mais avançada de perseguição que alguma vez foi descrita: a vida sitiada por uma vida em que *nada se perde* e tudo está condenado a existir, sempre disponível, sufocante. Neste quadro, os livros parecem uma província remota ou um reino de opereta. Que valor podem ter 32 milhões de livros quando comparado com as falanges de milhares de milhões de «páginas *web* mortas», em crescimento exponencial? São estes os verdadeiros mortos-vivos que nos atormentam. Enquanto lia, pensava: haverá alguém que tenha ido ainda mais além?

Sim, há: Joe Gould, o fulgurante excêntrico de Nova Iorque narrado por Joseph Mitchell, o homem que passou a vida a dizer que havia escrito a «história oral», aquela história desconhecida que engloba cada palavra dita nas conversas de um bar (de todos os bares) ou numa carruagem do metropolitano (de todos os metropolitanos) ou em qualquer outro lugar. Em comparação com o plano de Joe Gould, o projeto da Google é algo provinciano e modesto. E Kevin Kelly, no seu entusiasmo, revela a falta de jeito de um principiante.

Mas precisamente por isso, por causa da letal candura das suas palavras, é aconselhável seguir as formulações de Kelly. Por exemplo, o que pretende a tecnologia? Respostas: «A tecnologia acelera a migração de tudo o que sabemos para a forma universal dos *bits* digitais.» As enormes migrações étnicas que fazem tremer o globo são apenas a sombra de uma migração mais vasta e capilar, que mira a «forma universal». Não há nada de enfático ou de inexato em tudo isto. De facto, o mundo foi sendo digitalizado desde há séculos (ou porventura milénios), mas sem sabê-lo, sem dizê-lo, sem ter uma palavra que nomeasse o que acontecia. Depois, formou-se a palavra. O seu batismo no pensamento pode ter sido celebrado com *The Computer and the Brain* (1958), de John von Neumann. Depois, passou-se à explicitação. Passagem sempre dramática. Foi então que o mundo começou a ser oficialmente digitalizado. Foi assim que se chegou, em poucos anos, ao projeto da Google, a qual se apresenta como agente da *digitalização universal*. Se é disto que se trata, qualquer outra transformação ser-lhe-á subordinada, quase como se fosse uma aplicação secundária.

Mas será possível que tudo isto ocorra sem obstáculos? Não há nada que avance sem obstáculos. E, de repente, Kelly sente-se na obrigação de especificar, num tom contrito, que sim, é verdade, a digitalização dos livros avança um pouco lentamente, «por causa das questões de *copyright* e do facto físico de ser obrigatório virar as páginas manualmente». Observação preciosa, a partir da qual podemos deduzir quais são os inimigos: os direitos autorais, antes de mais, como limitação jurídica, e o próprio livro enquanto objeto, que obriga a determinados gestos específicos, como, por exemplo, o de *virar as páginas*. Mas há também outra coisa profundamente odiosa e antiquada na estrutura do livro: a capa. A capa é a pele do corpo que é o livro. E é um grave obstáculo quando se quer pôr em ação a *orgia* da biblioteca universal: uma *orgia* interminável e irrefreável entre corpos desprovidos de pele. É esta porventura a imagem mais eficaz quando se quer cancelar qualquer desejo erótico. Aliás, quando se quer tornar o eros repelente. De qualquer das formas, prossegue Kelly, felizmente, os suíços inventaram um robô que «vira automaticamente as páginas de qualquer livro enquanto o digitaliza, a um ritmo de mil páginas por hora». Podemos, assim, ter esperança de que a *orgia*, de agora em diante, vai avançar a um ritmo mais expedito.

Tal como todos os *sonhos* norte-americanos, a digitalização universal baseia-se em bons sentimentos e numa certa benevolência para com os pobres e distantes estrangeiros. Os quais, no momento, servem sobretudo para reduzir os custos da própria digitalização (Kelly, meticuloso, informa-nos de que digitalizar um livro custa atualmente dez dólares na China e 30 em Stanford), mas um dia poderão ter *acesso* (é esta a palavra mágica) a tudo. E, neste ponto, Kelly corre o risco de se tornar um lírico. Quem serão os beneficiados? «Estudantes do Mali, cientistas do Cazaquistão, idosos do Perú.» Por este exemplo, não se pode dizer que a digitalização universal é capaz de afetar visões pré-constituídas sobre as características étnicas: dificilmente Kelly falaria de cientistas peruanos e de idosos do Mali. Mas o ponto nem é esse. E seria ridículo criticar a atração que uma imensa quantidade de palavras e de imagens inesperadamente disponíveis pode exercer para quem tem dificuldades já só em *ver* um livro, este objeto exótico em tantas partes do mundo.

O ponto é que a digitalização universal implica uma hostilidade para com o *modo do conhecimento* — e só consequentemente para com o objeto que a incarna: o livro. Não se trata, por isso, de uma preocupação com a sobrevivência do livro em si, que, aliás, já passou por muito e conseguiu sempre sobreviver. De resto, parece que ninguém lhe deseja um mal por aí além. No pior dos casos, querer-se-á tratá-lo como uma espécie protegida, que deve ser concentrada num amplo parque natural.

Aquilo que, ao invés, se está a tentar impor com alguma rudeza é a destituição de um modo global de conhecimento que está estritamente ligado ao *uso* do livro. Neste caso, tudo se torna mais duro e arriscado. Mas porque é que o livro deveria ter tais poderes? O que tem o livro de tão incomodativo e quase ofensivo, enquanto objeto, para a nova sensibilidade digital? Também neste caso basta-nos seguir Kelly para sermos iluminados. Antes de mais, os livros têm o péssimo vício de serem «artigos separados, independentes uns dos outros, exatamente como o são nas estantes das vossas bibliotecas públicas» (mais exatamente de *qualquer* biblioteca, pública ou privada, desde sempre). Daqui resulta, insiste Kelly, que «qualquer livro é *pretty much unaware* dos livros que estão a seu lado». *Não ter consciência de quem está ao seu lado*: eis uma postura antidemocrática, um modo para fugir — diz-se hoje em Itália — à *partilha* com os outros ou *envers l'autre* (se estivéssemos em França).

Desde que Gutenberg os inventou, os livros nunca se deram conta de que estavam carregados de tantos preconceitos. Mas há depois uma agravante: o autor. «Quando um autor termina uma obra, esta fica fixada e concluída.» Ou seja, fica morta. Com efeito, «o movimento só acontece quando um leitor pega nele com as mãos para o animar com a sua (*his or her*) imaginação». Os escritores, em princípio, são produtores de cadáveres, que em certos casos podem ser submetidos a experiências galvânicas graças à intervenção de agentes externos: os leitores. Os quais são — descobrir-se-á rapidamente — os verdadeiros heróis da novíssima história digital. E não apenas certos leitores. Mas os leitores *em geral*, essa enorme e diligente termiteira invisível, que incansavelmente intervém, corrige, liga, classifica. As palavras decisivas são, agora, *link* e *tag*. As quais, segundo Kelly — que não gosta da ironia nem da dúvida —, «provavelmente são as duas mais importantes invenções dos últimos 50 anos». E os leitores, essa multidão dominadora, são também aqueles que impedem que os livros condescendam à sua mais nefasta tendência, a de *serem uma ilha.* Neste ponto, o tom de Kelly torna-se solene, e quase evoca um sermão de John Donne: «Na biblioteca universal, nenhum livro será uma ilha.»

O inimigo é, portanto, a existência separada, solitária e autossuficiente dos livros. Trata-se de seres associais por constituição, que têm de ser digitalmente reeducados. Mas a digitalização — avisa Kelly — é apenas um primeiro passo, semelhante aos procedimentos no acesso a uma penitenciária, rapar o cabelo e vestir o uniforme: «A verdadeira magia vem com o segundo ato, quando cada palavra em cada livro for submetida a ligações cruzadas, for agregada, citada, extraída, indexada, analisada, anotada, remisturada, reagrupada e reinserida na cultura, mais profundamente do que nunca.» Quase parece um manual de *bondage.* O leitor — ou o anónimo programador — é a Dominadora implacável que quer fazer descontar aos livros todos os pecados que não sabia ter cometido. Mas os livros estão habituados a sofrer alguns desses tormentos desde sempre, por vezes com um prazer perverso; por exemplo, os tormentos dos índices analíticos ou das concordâncias. No fim de contas, o masoquismo é um sentimento fundamental, não renunciável. Bem mais preocupante, ao invés, é a última operação a que Kelly se refere: a de fazer com que «cada palavra em cada livro» seja «reinserida na cultura mais profundamente do que nunca». Em qual *cultura*? É sabido que a palavra, atualmente, é insignificante, dado o excesso de significados que lhe são atribuídos. E porque é que um livro deveria ser «reinserido mais profundamente» nela? E se o livro quisesse, antes de mais, ficar totalmente *desinserido*? A frase de Kelly gera uma sensação de asfixia. Já não nos sentimos mais protegidos pela neutra e insignificante brancura do papel em que se imprimem as letras de um livro. Agora, as letras invadem todo o espaço livre, coladas como moscas numa fita adesiva.

Chegado a este ponto, até o *Maverick* Kelly sente a necessidade de uma pausa, perante a majestosidade do que está a revelar. O texto — qualquer texto — é um pretexto. Aquilo que conta é o *link*, a ligação. E nada como os números para darem essa ideia: «Existem cerca de cem mil milhões de páginas em rede, e cada página contém, em média, cerca de dez *links*. O resultado é um trilião de ligações eletrificadas que atravessam a Rede.» Aqui chegado, senti uma pontada: como se traduzirão em sânscrito aquelas «ligações» que Kelly acaba de referir? São os *bandhu* de que falavam os místicos védicos. Aqueles *bandhu* de que são feitos o mundo e o pensamento do mundo. O um e o outro. E o *bandhu* mais misterioso: aquele que liga o não-manifesto ao manifesto, o *asat* ao *sat*. Sensação de vertigem e de alucinação. Em tudo aquilo que escrevi está implícita a convicção de que vivemos — dia após dia, e cada vez mais à medida que evoluímos — a *inversão da origem*. A visão védica dos *bandhu* é o que temos mais próximo de uma origem que deixou vestígios em palavras (neste caso, o *Ṛgveda*). E agora vemo-la ressurgir como irresistível paródia nas palavras de alguém que dá a ideia de ignorar a existência dos místicos védicos e, em simultâneo, fala com precisão sobre algo indubitável, que nos rodeia.

Com a visão do trilião de *links* vibrantes na rede, Kelly deve ter pressentido encontrar-se muito perto da «profundidade das coisas». Que descreveu, num tom sinistro de camarata, da seguinte maneira: «Assim que o texto se torna digital, os livros emergem das suas encadernações e entretecem-se uns nos outros. A inteligência coletiva de uma biblioteca permite-nos ver as coisas que não conseguimos ver num livro individual, isolado.» Mas, na prática, como é que isto acontece? Mais uma vez, Kelly vem em nosso auxílio: «Quando os livros são digitalizados, ler torna-se uma atividade comunitária. Apontamentos escritos nos livros podem ser partilhados com outros leitores. As glosas podem ser partilhadas. As bibliografias trocadas. O leitor pode ser avisado de que o amigo Carl tomou nota de um dos seus livros prediletos. No momento seguinte, os *links* dele passam a ser também do leitor. De maneira curiosa, a biblioteca universal torna-se um texto só, muito, muito grande: o livro único do mundo.» Quanto mais afável o tom, mais aterrorizadora é a perspetiva. O que terá acontecido? Quando se diz que «a leitura se torna uma atividade comunitária», subentende-se que o secreto, impenetrável, distinto, discriminante e silencioso pensamento do cérebro individual que lê é substituído pela *sociedade*: um cérebro imenso, capilar, constituído por todos os cérebros, indistintamente, que agem na rede e nela falam. É uma tagarelice densíssima, que cria um ruído de fundo, porém, significante.

A inversão fundamental que ocorre é precisamente esta: tudo o que existe (seja o que for) é substituído pela *sociedade* daqueles que vivem e falam, digitando e digitalizando, no contexto daquilo que existe, tudo e mais alguma coisa que digam. O *Liber Mundi* é substituído pelo «livro único do mundo», apenas acessível no ecrã.

Quanto ao mundo, é cancelado, torna-se supérfluo, na sua muda e refratária alienação. E o ponto mais angustiante, sinal definitivo da paródia, é que, enquanto escrevia aquelas palavras, Kelly assumia a postura indulgente de quem evoca um grupo de velhos colegas universitários que partilham apontamentos e fotografias e se divertem a ajudarem-se reciprocamente.

A disputa legal em torno do plano da Google, iniciada no outono de 2005 pela Authors Guild e por cinco grupos editoriais norte-americanos, e chegada a uma sentença em primeira instância, provavelmente não vai durar menos de uma geração. Os problemas jurídicos que levanta são de altíssimo interesse, mas devem ser todos considerados uma consequência, entre muitas outras, de uma espécie de radical oscilação da mente resultante da explicitação do processo de digitalização universal. Comparativamente a outros estremecimentos anteriores na estrutura da mente, esta tem uma peculiaridade inédita. *Analógico* e *digital* não são, antes de mais, categorias históricas, culturais, como muitas outras que as antecederam. *Analógico* e *digital* são, em primeiro lugar, categorias fisiológicas, que pertencem ao funcionamento do cérebro a cada instante. Enquanto escrevo estas palavras e, ao mesmo tempo, as leio, o analógico e o digital agem simultaneamente na minha mente, assim como na mente de qualquer outra pessoa. É uma luta perene e uma perene tentativa para manter o equilíbrio, balançar, esquivar-se. O facto de esta luta se ter transferido, pela primeira vez, para uma imensa prótese — a Rede, que repete o emaranhamento das ligações cerebrais — cria uma perturbação sem precedentes, que ninguém tem interesse em reconhecer. Tal como as centopeias, não temos grande interesse em saber como se mexem neste momento as mil minúsculas patas da nossa mente. Pois sabemos que ficaríamos paralisados. Mas chegará o momento em que será inevitável pensar aquilo que não queremos pensar. E pode ser que, então, a paralisia provisória se revele benéfica.

Mas voltemos às capas. Porque no artigo de Kelly há uma frase que lhes diz diretamente respeito. Uma frase que sobressai de tal forma que foi mesmo colocada como legenda ao lado de uma grande fotografia: uma visão do alto de uma série imponente de estantes cheias de livros: «O que nos diz a tecnologia? Que os exemplares já não têm valor. Os exemplares de livros isolados, encadernados entre capas inertes, em breve, não significarão muito.»

Palavras que ressoam como uma sentença de morte para o livro enquanto tal. Mas para quê zangar-se tanto com as capas, definindo-as «inertes»? Porventura, uma capa é «inerte»? Não mais do que qualquer outro pedaço de papel. E há até certos pedaços de papel que podem desenvolver uma energia mortífera. Porquê, então, tanto desprezo pelas capas? Porque isolam o livro de tudo o resto, como a epiderme de qualquer ser vivo. E isolam-no de um modo altamente analógico, porque a pele e aquilo que se dispõe sobre a pele é o *analogon* mais poderoso do ser que contém dentro de si. E é precisamente isto que não é aceitável no mundo da digitalização universal. A capa é a recordação de que a mente pode também agir analogicamente, deixando crescer em simultâneo o digital. A capa é um sinal — entre muitos outros — da obstinada, muda e desesperada resistência ao processo que pretende «fazer de todos os livros do mundo um único tecido líquido de palavras e de ideias interligadas»: algo semelhante a um paraíso do qual se deve fugir rapidamente, sob pena de se morrer afogado naquele «tecido líquido».

Mas qual será o sonho de Kelly — e da vasta tribo que se vislumbra por trás dele? Refiro este aspeto porque nos Estados Unidos a palavra *dream* é daquelas palavras que acaba sempre por surgir.

E considera-se que o «sonho» deve ser sempre algo de belo e bom.

Com algum horror, tive de reconhecer que o sonho de Kelly desembocava nas mesmas duas palavras sobre as quais estava a escrever: o *livro único*. A digitalização universal deveria, por fim, envolver a terra com uma película impenetrável de sinais (palavras, imagens, sons). E isso já não seria o *Liber Mundi* da mística medieval, de Leibniz e de Borges, mas algo muito mais audacioso: o *Liber Libri*, a emanação «omni-envolvente» que, a partir de uma só página digitalizada, consegue revestir o todo como *livro único*. Nesse ponto, o mundo poderia inclusivamente desaparecer, como coisa supérflua. E seria substituído pela *informação* sobre o mundo. E tal informação poderia ser também, na sua parte preponderante, *errada*. A conspiração universal mais eficaz e adequada à situação do momento seria aquela que impusesse aos seus adeptos a imissão só de informações falsas na rede. Bacon, fautor do progresso, falava de *veritas filia temporis*[20], mas — Blumenberg acrescentou — também se poderia ter dito, como se depreendeu imediatamente a partir dos escritos de Pierre Bayle,

20 «A verdade revela-se com o tempo.» [N. do R.]

error filius temporis[21]. É aqui que se chega, bem longe, quando se parte da simples abolição das capas.

Como era o panorama editorial quando surgiu a Adelphi? Vivo, movimentado, confuso, um pouco inconsciente, com graça. Predominava um sentimento de curiosidade. Na década de 1950, o mundo editorial era um só: Einaudi. Nível elevado, filtro rigoroso. Mas depois toda a gente se fartou de filtros. Todos queriam experimentar na primeira pessoa. E a sensação dominante era a de que ainda havia muito para descobrir. «Uma vasta parte do essencial», tive, certa vez, a oportunidade de dizer. E houve alguém que se ofendeu. Mas essa «vasta parte do essencial» faltava em Itália há já muito tempo. Mais ou menos desde o tempo dos primeiros românticos. O bissemanário *Il Conciliatore não* foi o equivalente do *Athenaeum* de Novalis e de Schlegel. A Itália de há 150 anos era uma história de solitários grandiosos — como Leopardi e Manzoni — aprisionados num tecido mesquinho, asfixiante. É suficiente cotejar a língua média do século XIX italiano com a equivalente francesa, inglesa ou alemã. O italiano lê-se com esforço, com embaraço, está inchado e rígido ao mesmo tempo.

---

[21] «O erro surge com o tempo.» [N. do R.]

O francês, o inglês e o alemão, amiúde, quase não se distinguem da prosa de cem anos mais tarde. Eram línguas que envelheciam muito melhor.

Além da Einaudi, que se atualizava rapidamente, embora mantivesse os seus filtros, apesar de mais escondidos, agora havia também a il Saggiatore, de Debenedetti, a Feltrinelli e a Boringhieri. Mas as surpresas poderiam vir de todo o lado, consoante o vento dos diretores editoriais: da Garzanti, da Longanesi, da Rizzoli, da Mondadori, da Bompiani. Visto com os olhos de hoje, parecia tudo um pouco idílico, e certamente era. Mas também é verdade que havia continentes inteiros por descobrir, após a submissão ao Minculpop[22] durante 20 anos e ao camarada Ždanov durante 15 — ou, mais precisamente, respeitando a peculiaridade da «via nacional», do camarada Alicata. Liam-se as páginas culturais do *Il Giorno*, muito melhores do que todas as que vieram depois. Citati e Arbasino espalhavam nele inteligência e insolência sem se pouparem a esforços, e não tinham medo de se entusiasmarem de quando em vez. Podia inclusivamente acontecer que, como um meteorito, chegasse às páginas do jornal, em corpo minúsculo, um conto de Gadda.

---

[22] Acrónimo de Ministério da Cultura Popular. [N. do T.]

O fiador dessa estranheza deve ter sido Attilio Bertolucci, que trabalhava para a ENI[23].

«E a política?» — questionar-se-á certamente alguém. Como se *posicionava* a Adelphi? Simplesmente não se posicionava. Não havia nada de mais aborrecido e esgotante do que as discussões sobre a hegemonia cultural (ou ditadura ou reino iluminado) da Esquerda na década de 1950 em Itália. É um tema sobre o qual não deveria haver mais nada a demonstrar. Mas é sempre útil *mostrar*, aos que têm memória curta e aos que nasceram mais tarde. E, se possível, mostrar sob a forma mais condensada e rápida, se quisermos evitar o embotamento por contágio.

Numa banca de mercado, encontrei, suscitando recordações de adolescente, um número da revista *Nuovi Argomenti* de março–abril de 1957, intitulado «8 Perguntas sobre o Estado-guia». Respondem: Mario Alicata, Antonio Banfi, Lelio Basso, Giuseppe Chiarante, Ernesto de Martino, Franco Fortini, Roberto Guiducci, Lucio Lombardo Radice,

[23] A ENI (Ente Nazionale Idrocarburi, em português Empresa Nacional de Hidrocarbonetos) é uma multinacional petrolífera italiana que foi constituída em 1953 por Enrico Mattei e privatizada em 1998. [N. do R.]

Valdo Magnani, Alberto Moravia, Enrico Pischel e Ignazio Silone. Um grupo que vai desde o responsável pela linha cultural do Partido Comunista Italiano (Mario Alicata) até ao escritor italiano mais conhecido no mundo naquela época (Alberto Moravia). Estava lá também o vice-diretor da revista. E esse número da revista devia ser entendido como uma audaciosa iniciativa crítica de alguns intelectuais, passados seis meses da revolta na Hungria.

Um ingénuo leitor dos nossos dias poderia pensar que, dada a ocasião, nos fôssemos questionar sobre o que acontecera em Budapeste. Mas disto, nas oito perguntas, não havia qualquer vestígio. Ao invés, a primeira pergunta era a seguinte: «De que modo considera que a URSS concilia a sua função de Estado-guia do comunismo internacional com a necessidade da sua política de potência?» Pergunta em que o elemento mais interessante é o purismo tipicamente togliattiano[24] do duplo *i* em *concilii*[25]. Pelas respostas dadas, podia deduzir-se que um escritor de fama internacional (Moravia), um filósofo (Banfi), um antropólogo (de Martino, praticante solitário da sua profissão na Itália da

---

[24] Palmiro Togliatti, fundador e líder do Partido Comunista Italiano. [N. do T.]

[25] No original italiano, traduzido por «concilia». [N. do T.]

época) e um poeta (Fortini) tinham todos, em primeiro lugar, muito apreço pela saúde do «Estado-guia». Neste contexto, tais acontecimentos podiam mesmo ser designados como «revolta de facínoras, se isso servisse para evidenciar ainda mais certas problemáticas e determinadas exigências do «Estado-guia». O que mais impressiona naquelas páginas — sem contar com o fraseado uniforme e plúmbeo comum aos vários autores — é o fervor com que todos vêm em auxílio do «Estado-guia», eventualmente emitindo uma ou outra objeção em surdina, mas sempre com a finalidade de o revigorar na sua missão.

Seria fácil atacar praticamente todos os parágrafos daquele fascículo. Mas o olhar acaba por se deter na página em que Lucio Lombardo Radice (recordo-me do seu rosto redondo e rosado, de perene menino) fala, a propósito dos factos da Hungria, de «carnificinas de militantes comunistas, largamente documentadas (e exaltadas!) pela imprensa burguesa». Como se vê, Lombardo Radice não hesitava em usar palavras fortes. E falava também de *crimes* e de *culpas*. Mas quais e da parte de quem? As alusões eram graves: «Demasiados crimes e demasiadas culpas de reformismo conservador foram cometidos em nome do "socialismo".» Portanto, os crimes e as culpas eram dirigidos *contra* o «Estado-guia». E logo de seguida é dado um exemplo, quando critica Nenni por ter ousado uma «separação verbal de responsabilidade com a União Soviética» (um preciosismo significativo é o adjetivo «verbal»). Em resumo, com firmeza viril, Lombardo Radice exortava a cerrar fileiras contra os caluniadores da URSS (todos «reformistas», palavra que atualmente toda a gente deseja que lhe seja atribuída e na época era um grave ultraje). Foi também o tempo em que o nome de Orwell era pronunciado com aversão. De resto, era um condenado.

Seria, porventura, Lombardo Radice um rude agente soviético? Pelo contrário, era um perfeito representante daquela *elite* intelectual italiana, terrivelmente *correta* — digo-o sem ironia —, que pendulava entre Benedetto Croce e Calamandrei e o Partito d'Azione. Entre os filhos daquelas famílias, houve alguns que, depois, confluíram no Partido Comunista Italiano, facto que nunca escandalizou ninguém. Lombardo Radice foi um deles. Filho de um pedagogista ilustre, matemático, casado com a filha de Arturo Carlo Jemolo (a quem o meu pai chamava, com enorme afeto, «o *cupio dissolvi*»[26]), recordo-o amável e cordial.

---

[26] Locução latina que significa «desejo dissolver-me». [N. do T.]

Mas não tenho a certeza de como se comportaria se os fiéis do «Estado-guia» tivessem chegado ao poder naquele tempo. Bem sabemos que as crianças também podem ser ferozes.

Tudo somado, a Adelphi passou incólume pelas turbulências políticas dos primeiros 15 anos. Os antipatizantes — não poucos — simplesmente não conseguiam orientar-se. A própria editora, que era rotulada de ser de *elite*, foi acusada, poucos anos mais tarde e sempre pelas mesmas pessoas, de ser demasiado comercial. E o exemplo dado era dos mesmos autores para ambos os casos. Joseph Roth foi um deles. Quando, depois, nos acusaram de sermos «gnósticos», a coisa ficou ainda mais confusa. Durante séculos, o termo *gnóstico* definia tudo aquilo que escapa ao pensamento corrente. Sendo assim, *foetor gnosticus* passa a ser um título honorífico, tal como *foetor judaicus*.

Mas finalmente surgiu alguém que tinha ideias claras. Era um anónimo, por necessidade, como todos aqueles que escreviam na revista oficial das Brigadas Vermelhas: *Controinformazione*. Revista de venda livre em todas as bancas, ao lado da *Espresso* e da *Panorama*. Público mais restrito, mas fiel. São pormenores que é útil recordar. No número de junho de 1979, a *Controinformazione* oferecia, além dos habituais boletins e anúncios da prisão, um longo artigo com um título exigente: «As Vanguardas da Dissolução». Interessantes, também, o «sobre-título» e o subtítulo: «Contrarrevolução Cultural e Guerra Psicológica» e «Agregação Comunitária, Valores da Carestia, Consenso Social na Longa Marcha do Espetáculo Quotidiano». Palavras com o perfume da época. Como era habitual nos textos das Brigadas Vermelhas, o ponto de partida era sempre um contexto distante. Mas talvez para ir ao encontro do leitor, o ensaio estruturava-se em pequenos capítulos, precedidos de uma pequena introdução que os resumia: «"Refluxo", regresso ao passado, refúgio no sagrado, despertar religioso, fuga para o campo, lojas alternativas, ideologias naturistas, ecologia, ciclo psicológico "ilusão–desilusão–frustração", irracionalismo, exaltação orientalista, traje neoclownista, linguagem do corpo, descoberta do privado: não são apenas modas ou parcialidades expressivas, e muito menos "desvios" a solucionar com uma "sã" prática da ortodoxia militante. Pelo contrário, estes "desvios" são o resultado concreto, "transversal" e endémico de um amplo projeto teorizado, promovido e executado pelas centrais reacionárias.» Não se poderia ser mais claro, no contexto de um certo léxico. E a última frase tinha um tom vibrante: «Enquanto se permanecer no abandono autoconsciente, a máquina de espiral da morte avança engolindo um notável potencial de antagonismo.»

O leitor sentia-se logo instigado e queria descobrir quais eram as centrais reacionárias» (versão atualizada da célebre FODRIA, ou seja, Forze Oscure Della Reazione In Agguato[27]. Só que os textos das Brigadas Vermelhas são sempre muito laboriosos no início. E, assim, para se chegar à revelação, era necessário esperar pelo nono capítulo, intitulado «O "caso" Adelphi».

Começava assim: «No plano cultural, análogo e mais refinado, é o enorme trabalho de outras articulações da contrarrevolução, ou seja, de editoras, entre as quais sobressai por solidez e presença a Adelphi, financeiramente ligada ao capital multinacional FIAT.» E já nas últimas linhas do capítulo anterior a Adelphi havia sido definida como «áurea estrutura fundamental da contrarrevolução superestrutural». Havia, portanto, estima e respeito pelo inimigo, e logo se reafirma: «A produção da Adelphi é culta, a sua proposta cativante, a sua penetração subtil. Desconcerta a sua capacidade de recuperação *total*, que abrange autores excelentes — em profundidade literária

---

[27] Forças obscuras da reação à espreita, em português. [N. do T.]

e filosófica —, a cujo fascínio se inclinam devotamente os próprios revolucionários.» Seguia-se uma frase que me deixou estupefacto: «Na linha de produção da Adelphi, cada autor é um anel, um pormenor, um segmento.» Não obstante a locução grotesca — a «linha de produção», na época, desdobrava-se ao longo de um corredor de escassos metros na Rua Brentano —, o anónimo sectário captou algo que os críticos oficiais ainda não tinham conseguido perceber: a *ligação*, não imediatamente visível, mas intensa, que existia entre os títulos adelphianos e, exemplarmente, entre os da Biblioteca. Mas o cerne da argumentação surgia logo de seguida e era enunciado assim: a *linha* da editora está «informada pela desestabilização dos princípios da revolta social, pela mortificação da esperança revolucionária coletiva, pela invalidação da possibilidade coral subversiva». Os subversivos descobriam que eram vítimas de subversão, como o Regador Regado dos irmãos Lumière. Os terroristas sentiam-se aterrorizados — e queixavam-se de sofrerem tratamento análogo (observe-se o ameaçador substantivo «invalidação», de uso corrente nos textos que acompanhavam os atentados daqueles anos) ao que reservavam às suas vítimas. Aqui chegado, o texto tinha de apontar um exemplo dessa *subversão da subversão.*

E foi Pessoa: «É conveniente exemplificar as considerações sobre projetos e finalidades da Adelphi referindo o último golpe deste bando editorial: a publicação das obras de Fernando Pessoa, o grande escritor português, pela primeira vez traduzido em Itália (*Una Sola Moltitudine*).» A partir de 1987, a imagem de Pessoa, de óculos e chapéu, começou a ser estampada na nota de cem escudos portuguesa, sendo o único escritor do século XX a receber tal homenagem. E o seu nome atravessa hoje aquele delicado e deplorável processo — como já aconteceu com Kafka e Borges — em que o autor se torna uma noção usada sobretudo por aqueles que nunca leram os seus livros. Contudo, naquele tempo, era um autor ignorado de um modo geral. Pode parecer pouco verosímil, mas aconteceu assim: um silêncio compacto em redor do livro de Pessoa editado por Tabucchi aquando da sua publicação. Só o anónimo da revista *Controinformazione* tinha captado a importância do facto. E retirou as consequências: Pessoa era a última incarnação do *inimigo principal*, que desviava e corrompia os últimos recrutas da subversão. E o tom parecia logo o de uma carpideira: «Deste modo, em Pessoa, a luta decai, enterra-se a energia vital subversiva.» No mestre dos heterónimos cumpria-se o maléfico desígnio da «contrarrevolução superestrutural».

*

Seiscentos livros numa única coleção é uma enormidade, se pensarmos em quão menos numerosos eram os livros na torre de Montaigne ou no escritório de Espinosa. Com seiscentos livros, consegue-se compor uma paisagem mental ampla e variedade. Porventura uma daquelas paisagens flamengas onde os eventos mais significativos se veem ao longe, em zonas pouco batidas, onde vislumbramos figuras minúsculas a vaguear. Uma paisagem onde seria fácil perder-se.

Questiono-me como um leitor que tenha, nos nossos dias, acabado de aprender a ler se vai sentir, quando chegar o momento, no meio dessa paisagem. Pode ser que não o satisfaça e lhe dê logo vontade de partir — e, nesse caso, terei muita curiosidade em segui-lo. Mas creio que não conseguirá evitar reconhecer uma certa constância e recorrência nos elementos, por mais variados que sejam. Podemos até prová-lo, tomando como exemplo o primeiro título de 2006, o quadragésimo primeiro da coleção.

Elizabeth Bishop não poderá deixar de ser acolhida entre os *Imperdoáveis*, como escrevia Cristina Campo. E, a seu lado, Marianne Moore, que foi quem esteve mais próxima dela em vida.

O *I Detti di Confucio*, de Simon Leys, responde ao *Tao tê Ching* e ao *Libro del Signore di Shang*, de Jan Duyvendak. Dois sinólogos muito diferentes, um neerlandês e o outro belga, que se propõem transpor com precisão e sobriedade textos da China Antiga, árduos e inexoráveis. O *Cargo*, de Simenon, estava alinhado com mais 23 romances «não-Maigret» do mesmo autor. Com ele, a regra do livro único inverte-se: único não é o título individual, mas o *corpus* inteiro dos romances, no seu multiplicar-se e disseminar-se. *David Golder*, de Irène Némirovsky, liga-se às histórias cruéis de outra russa em Paris nos mesmos anos: Nina Berberova. E as personagens poderiam transferir-se facilmente das histórias de uma para as histórias da outra. E assim sucessivamente para cada título.

Conversando com Eckermann, Goethe acenara à ideia da *Weltliteratur*: «a literatura universal» como destino final inelutável de tudo o que se escrevia. «A literatura nacional já não significa grande coisa, estamos a entrar na época da literatura universal e cada qual tem de contribuir para acelerar a chegada dessa época.»

E assim chegou a época não apenas da literatura universal mas também da hibridação universal. E, um dia, Borges, com a sua obra completa, acrescentará uma glosa: tudo pode ser considerado literatura. É este, hoje, o navio-fantasma que transporta todas as possíveis combinações de formas e as acolhe num fundo neutro, equânime, que não é um ecrã, mas uma mente hipotética. E talvez seja um dos raros privilégios do nosso tempo que este facto, inaudito enquanto tal, tenha penetrado na sensibilidade geral, sem encontrar obstáculos. Atualmente, ou a literatura não chega a ser realmente entendida (é a normalidade), ou dificilmente se consegue distinguir de tudo o resto. Devemos também a isso o facto de aqueles seiscentos títulos da Biblioteca conseguirem estar juntos sem empurrões nem estridor. Passar de um livro qualquer para todos os outros tornou-se plausível para qualquer leitor, tal como o foi para quem contribuiu para os acolher no seio da mesma moldura. E, no fundo, é este o motivo secreto que anima a ideia de coleção de livros, em geral, e da Biblioteca, em específico: ser levada à letra, de modo a que cada pérola permaneça ligada às outras no mesmo cordão[28].

Revelou-se decisivo para os destinos da Biblioteca que se estabelecesse uma certa relação de cumplicidade entre a coleção e o seu obscuro, variado

---

[28] Jogo de palavras homófonas: *collana*, em italiano, tanto pode ser *coleção* — de livros, por exemplo — como *colar.* [N. do T.]

e percetivo público. Podemos dar alguns exemplos, mas o caso mais clamoroso foi o de Simenon.

Quando fui ter com ele a Lausanne, no outono de 1982 — juntamente com Daniel Keel (editor de Simenon em língua alemã) e Vladimir Dimitrijević (o máximo conhecedor de Simenon que alguma vez encontrei) —, a situação dos seus livros em Itália era a seguinte: muitos Maigret, em edição de quiosque de estação, e nenhum dos «não-Maigret», ou «romances puros e duros», como os designava Simenon. Muitos, obviamente, foram publicados, a partir da década de 1930, uma vez que a Mondadori foi, para Simenon, a primeira das suas grandes editoras estrangeiras. Mas todos eles, pouco a pouco, foram saindo de circulação. Simenon não sabia do estado da coisa e ficou impressionado. Acrescentei que o nosso plano era o de publicar os «não-Maigret» na Biblioteca, apresentando-os como a obra de um dos melhores narradores do século.

Foi apenas o começo, dado que existiam obstáculos de natureza contratual. Tinha quase perdido a esperança de chegar a uma solução quando Simenon, finalmente — notoriamente drástico a lidar com as editoras —, me fez saber, dois anos depois, que se podia avançar. E creio que foi determinante para este desfecho uma longa carta de Fellini de apoio ao nosso plano. Entre Fellini e Simenon havia total entendimento. E Fellini conhecia a obra de Simenon como mais ninguém em Itália.

O primeiro Simenon que publicámos, em abril de 1985, foi *Lettera a Mia Madre*[29], na Piccola Biblioteca. Não apenas porque se trata de um texto altamente intenso, mas por um motivo que diz respeito ao autor. Simenon, com efeito, havia ficado ofendido porque a Mondadori evitara sempre publicar aquele pequeno livro, com o pretexto de ser «demasiado curto». A *Lettera a Mia Madre* não teve sucesso imediato, embora alguns — poucos — se tivessem dado conta de que se tratava de um texto revelador.

Mas sabíamos muito bem que o êxito da experiência com Simenon só poderia ser aferido a partir do êxito dos romances «não-Maigret». Se fôssemos a Einaudi na década de 1950, ter-nos-íamos desde logo preocupado em encontrar um prefaciador que legitimasse a operação e orientasse o leitor para uma correta leitura do autor. Mas a Adelphi nunca foi dada a enquadramentos e a pedagogias, que, inevitavelmente, eram acompanhadas de um certo paternalismo para com o leitor. Decidimos, portanto, apresentar Simenon como um dos grandes

---

[29] *Lettre à Ma Mère*, título original. [N. do T.]

escritores do século XX, mas dando-o como subentendido. Mas, naquele momento, não se podia dizer que era uma avaliação consensual: hoje, Simenon encontra-se na Pléiade, mas, na altura — também em França —, não se encontrava com frequência o seu nome nas histórias da literatura.

Não era fácil escolher com que romance começar. Conversei demoradamente com Dimitrijević, e, por fim, a escolha recaiu em *Le Finestre di Fronte*[30]. Antes de mais, porque era um dos romances mais perfeitos de Simenon, quase esquecido em França e desconhecido em Itália. Mas também havia outro motivo: publicado em 1933, e ambientado em Batumi, cidade costeira do Mar Negro, o romance narrava a Rússia soviética como ninguém o conseguira até então. Quando escreveu o romance, Simenon, o mago das atmosferas — como amiúde o viriam a chamar —, tinha acabado de passar pela União Soviética. Nas suas recordações de 1933, Tigy, naquele tempo mulher de Simenon, anota: «Em junho, zarpámos em direção à Turquia: Istambul, Ancara; depois, Sul da Rússia: Costa do Mar Negro, Odessa, Yalta, Sebastopol, Batumi. O romance *Le Finestre di Fronte* mostrará claramente até que ponto o ambiente russo é deprimente,

[30] *Les Gens d'en Face*, título original. [N. do T.]

angustiante e sem segurança. A delação e a desconfiança são a regra. Corremos o risco de ficar retidos e bloqueados em Batumi. Parece que os nossos vistos não estavam em conformidade. Ainda bem que o caviar é formidável. Entrevista a Trotsky em Prinkipo.»

Mas para Simenon fora o suficiente. Com as suas formidáveis antenas, *captou a atmosfera* da Rússia soviética, e, com a pura arte de narrar, penetrou nas veias daquele imenso sistema policial e persecutório que, mesmo 24 anos depois, alguns dos mais respeitáveis intelectuais italianos definiriam como «Estado-guia». Era um caso de precisão visionária, apenas ao alcance de poucos.

Le Finestre di Fronte foi publicado em outubro de 1984 com uma tiragem de 9000 exemplares. Estávamos muito curiosos para ver como seriam as reações da imprensa. E o sinal decisivo surgiu de imediato. Em meados de novembro, o *Corriere della Sera* publicou um artigo de crítica literária, da autoria de Goffredo Parise, intitulado «Georges Simenon e o Livro Policial "Metafísico"»[31], que li com uma vaga sensação de alucinação, porque era dito, com grande elegância e incisividade, tudo o que eu

---

[31] «Georges Simenon e il Giallo "Metafisico"», título original. [N. do T.]

esperava que fosse percecionado, não apenas do livro mas também do modo como era apresentado. O ponto de partida era a badana e a capa (neste caso, um Willink, que, aliás, *não* representava uma paisagem do Mar Negro). E construindo o discurso a partir de considerações estritamente editoriais, Parise chegava ao âmago do livro: «escrito por volta da década de 1930 por um génio, esta breve obra-prima é o romance da Polícia, do controlo, da anulação total do homem sob o jugo da mais poderosa, importante e demiúrgica ditadura policial que o homem moderno alguma vez conheceu.» Pouco depois, com um toque magistral, Parise acenava a «cenas, vestuário e nomes que surgem cobertos pelo pó de arroz branco típico da pintura surrealista e metafísica». O mesmo *pó de arroz* que cobre os edifícios pintados por Willink no quadro da capa.

Depois daquele artigo de Parise, não me recordo se alguém ousou pôr em dúvida a idoneidade de Simenon para ser considerado um dos maiores narradores do século XX. E o entusiasmo de Parise deve ter contagiado vários leitores, uma vez que os 45 romances que se seguiram estabilizaram numa tiragem inicial de 50 000 exemplares.

No seu artigo, Parise detinha-se longamente sobre o curioso fenómeno de um eventual leitor, após observar e folhear numa livraria um livro do qual nada sabe, chegar ao ponto de, «com grande entusiasmo, pegar no livro e levá-lo para casa, impaciente para o ler. Lê-o e descobre que é uma obra-prima. Porque é que *tout se tient*? Antes de mais, porque o editor descobriu uma verdadeira obra-prima, lendo o livro e não o dando a ler; e, assim, a capa e a badana seguem a mesma linha, são coerentes com a obra-prima, inspiradas e vitalizadas por ela. E é este o processo que leva o leitor a pegar no livro, a ir para casa a correr, a pôr de parte tudo o resto, a mergulhar na leitura e a descobrir, por sua vez, que se trata de uma obra-prima. Simples, não é? Contudo, parece uma coisa dificílima no mundo editorial dos nossos dias, tão difícil que, quando acontece, festeja-se».

O processo a que acenava Parise implicava que se estabelecesse uma relação de cumplicidade entre editor e leitor. Relação que os especialistas do *marketing*, nas suas profundas reflexões, definem como «o valor acrescido da marca», com a expressão que consideram mais adequada. Como se estabelece tal relação? A cumplicidade entre pessoas que não se conhecem só pode ser criada a partir de experiências reiteradas de não-desilusão. Mas como podemos ter a certeza de que não vamos desiludir as outras pessoas? É praticamente impossível ter essa certeza, pois estamos a lidar com a multidão heterogénea dos desconhecidos que podem comprar e ler um livro. É melhor renunciar. Ou, então, reduzir-se a uma regra mínima: pensar que não desiluda os outros aquilo que não nos desiludiu a nós (aquele minúsculo grupo que encabeça uma editora). Se aplicarmos esta regra, o resultado (o livro publicado) será altamente idiossincrático. Ao ponto de muitos nem sequer pegarem nele, simplesmente por falta de interesse. E são precisamente estes os leitores que, com toda a certeza, iriam ficar desiludidos. Restam os outros: muito poucos, em princípio. Mas que também se podem tornar muitos. São estes os próximos, atraídos eventualmente, diria Parise, pela imagem de uma capa, que permite «recriar, através da ilustração, a atmosfera, o *Stimmung* do livro». E serão estes os não-desiludidos, com os quais, com o tempo, o editor consegue criar uma aliança tácita.

Pode-se objetar, aqui chegados, que a obra de Simenon tem uma energia intrínseca e uma capacidade de penetração capilar que certos resultados não surpreendem. Não se compreende, então, como é que os mesmos resultados não se reproduzem nos Estados Unidos, em Inglaterra, na Alemanha ou até mesmo em França (no que respeita aos romances «não-Maigret» de que estamos a falar). Como é evidente, para certas obras e para certos leitores, ainda tem alguma importância o modo como os livros são apresentados e o contexto — que pode ser acenado com uma mera moldura — em que surgem. É precisamente essa a função principal do editor. Enquanto essa cumplicidade se conseguir estabelecer, a edição de livros continuará a ser um jogo apaixonante. Mas se um dia, que muitos vaticinam estar próximo, tudo isto se tornar supérfluo, tanto para cada livro como para cada leitor, entramos realmente numa era diferente. Será necessário também definir de maneira diferente o próprio ato de ler. E certamente outros serão os livros que leremos.

Recordo a ocasião em que encontrei pela primeira vez o Padre Pozzi. Foi em 1976, e apresentávamos uma nova coleção de clássicos italianos, a Ricciardi-Einaudi. Durante algum tempo, os discursos seguiram linhas sobremaneira previsíveis, incluindo a lamentação habitual pela escassa sensibilidade dos leitores italianos para com a literatura. E foi neste ponto que interveio o Padre Pozzi, com uma veemência e uma intensidade que me pareceram admiráveis. Não se trata, disse ele, de reprovar a genérica insensibilidade dos leitores, mas de verificar, antes de mais, a que é que eles se revelam insensíveis. Ora, aquilo que os leitores hoje encontram nas estantes das livrarias *não* é a literatura italiana, mas uma *secção*, sobremaneira restrita, a que foi reduzida essa literatura pelos esforços conjuntos de italianistas e editores. Aquilo que fica de fora dessa área é imenso. Pozzi deu alguns exemplos. Em primeiro lugar, citou a literatura religiosa, que desde as origens está entretecida com a literatura italiana e que, nos nossos dias, se encontra, em grande parte, indisponível. É inútil dizer que me revia totalmente nas suas palavras. Mas houve outro ponto que me impressionou: encontrava-me perante um grande filólogo, um grande crítico e, em simultâneo, um *homo religiosus*, e as três fisionomias coincidiam, com uma naturalidade que reforçava cada um dos três aspetos. No fundo, penso-o hoje e pensava-o na altura, a mística é uma ciência exata, como bem sabiam os místicos védicos, e dela resultam todas as outras espécies de exatidão.

A esta fisionomia do Padre Pozzi gostava, agora, de acrescentar outra: a do homem que delineou o primeiro programa da Adelphi, no começo da década de 1960, Roberto Bazlen. De Bazlen, posso dizer, antes de mais, que era porventura o homem mais religioso que alguma vez conheci e, certamente, o menos fanático. As suas leituras eram amplíssimas, mas, no fundo, só um género de livros o apaixonava, independentemente da forma, época ou civilização: aquele género de livros que são uma experiência do conhecimento e que, como tal, podem passar a ser a experiência também de quem lê, transformando-a por sua vez. Dou-me conta de que, deste modo, acabo de definir o *animus* e a *alma* dos livros religiosos publicados pela Adelphi: obras escolhidas não tanto em observância a um qualquer imperativo cultural nem por serem representativas de uma espécie de UNESCO do espírito, que é o exato oposto daquilo a que sempre nos propusemos, mas por serem portadoras de uma possibilidade de «conhecimento», ignorando o facto de a nossa vida se tornar, simplesmente, menos rica.

Percebo que destaquei a palavra «conhecimento» sem nunca me referir à outra palavra, «fé», que, habitualmente, encontramos primeiro, também nos dicionários, quando se fala de religião. Mas não quero ignorar a dificuldade que esta virtude teologal levanta. A razão da provisória omissão é esta: paradoxalmente, a palavra «fé», pelo desgaste semântico que sofreu, amiúde acaba por se tornar mais um obstáculo do que uma ajuda para aceder ao religioso na aceção que eu lhe estava a dar. Ao ponto de, para a conjugar com a palavra «conhecimento», sentir a necessidade de a traduzir em sânscrito. Os místicos védicos falavam de *śraddhā*, que significa «confiança na eficácia dos gestos rituais». E aqui é necessário um comentário: para os místicos védicos, o «gesto ritual» é, antes de mais, um «gesto mental». Um gesto mental tendencialmente perpétuo, tal como o gesto ritual, na visão védica, ocupava a totalidade do ano, ou seja, do tempo. Tudo isto é facilmente traduzido numa terminologia que nos é mais familiar: o que é, de facto, a oração ininterrupta de que fala o Anónimo do século XIX em *Relatos de um Peregrino Russo* senão um gesto mental perpétuo? E o que implica esse «gesto mental» senão a virtude do abandono, tal como foi ilustrada com sublime lucidez por Jean-Pierre de Caussade nas suas cartas sobre o abandono à Providência Divina? Mas também quero dar outro exemplo, que pode ser definido como a «cena original» da *śraddhā*, desta singular forma de fé. O primeiro livro que tive ocasião de traduzir e editar para a Adelphi, em 1966, foi a autobiografia de Santo Inácio de Loyola. Um texto breve e sem adornos ditado pelo Santo nos seus últimos anos de vida ao seu confidente Gonçalves da Câmara e que chegou até nós numa redação meio em castelhano meio em italiano. É uma narração rápida e concisa, que conserva o estilo da narração oral. Sabemos que Santo Inácio foi, na juventude, um homem de armas, de carácter violento e inflamado pelos romances de cavalaria.

Certo dia, quando a conversão religiosa já atuava dentro dele, embora ainda no meio de vários tormentos, Santo Inácio viajava de Loyola para Monserrate montado numa mula. Cito a autobiografia: «Indo, pois, pelo seu caminho, alcançou-o um mouro, montado num macho e começando os dois a conversar, aconteceu falar de Nossa Senhora. E o mouro dizia que lhe parecia bem a Virgem ter concebido sem intervenção de homem, mas não podia acreditar ter dado à luz e continuar virgem, dando para isso motivos naturais que lhe ocorriam. Por mais razões que lhe dera o peregrino, não conseguiu mudar-lhe a opinião. E o mouro adiantou-se com tanta pressa que o perdeu de vista, ficando ele a pensar naquilo que o mouro lhe tinha dito. E, de repente, sentiu umas moções que produziam descontentamento na sua alma, parecendo-lhe que não tinha feito o seu dever, e que lhe tinham causado também indignação contra o mouro, parecendo-lhe que tinha feito mal em consentir que um mouro dissesse tais coisas de Nossa Senhora e que era obrigado a defender a sua honra. E, assim, vinham-lhe desejos de ir atrás do mouro e dar-lhe punhaladas por aquilo que tinha dito. E perseverando muito no combate a estes desejos, no fim ficou na dúvida, sem saber a que era obrigado. O mouro, que se tinha adiantado, tinha-lhe dito que ia a um lugar que estava um pouco adiante no seu caminho, muito próximo do caminho real, mas que este caminho não passava por lá.»

«E, assim, depois de cansado de examinar o que seria bom fazer, não encontrando coisa certa a que se determinasse, resolveu deixar ir a mula com a rédea solta até ao lugar onde se dividiam os caminhos. E que, se a mula fosse pelo caminho da vila, ele procuraria o mouro e lhe daria punhaladas; e se não fosse em direção à vila, mas pelo caminho real, não lhe faria nada. E fazendo aquilo que pensou, quis Nosso Senhor que, ainda que a vila estivesse a pouco mais de 30 ou 40 passos, e o caminho que levava a ela fosse muito largo e muito plano, a mula tomasse o caminho real e deixasse o da vila».

Após este episódio, a narração prossegue, sem que Santo Inácio o comente. Mas hoje sabemos que aquela cena da dúvida entre dois caminhos — um que o levaria a assassinar um mouro desconhecido, outro que levou Santo Inácio a Monserrate e ao resto da sua vida — é uma imagem admiravelmente icástica daquela *śraddhā*, daquela confiança na relação entre a mente e o mundo que toca a cada instante a vida de todos nós. Entenda-se: de todos nós, sem distinção, pertençamos ou não a uma confissão religiosa. Chegados a este ponto, deveria ser claro que o âmbito religioso, nesta aceção dos seus dois termos indispensáveis — conhecimento e fé (a *śraddhā*) —, investe todos os aspetos da nossa experiência, pois em cada aspeto da nossa experiência nós estamos em contacto com coisas que escapam ao controlo do nosso eu — e precisamente no âmbito daquilo que está para lá do nosso controlo encontra-se aquilo que é mais importante e essencial para nós. É esta, no fundo, a razão por que os livros que até agora mencionei foram publicados pela Adelphi. A eles associam-se, por vezes por justaposição, outras vezes por sobreposição, os livros de matéria mitológica — «não perfeitamente sinónimos», como observava o Padre Pozzi. Também neste caso se trata de uma relação com o desconhecido. Se em todo o lado, tanto nas florestas brasileiras como no Deserto do Kalahari, na China Antiga como na Grécia homérica, na Mesopotâmia e no Egito como na Índia védica, a primeira forma em que se manifestou a linguagem foi a narração — e sempre uma narração sobre seres não totalmente humanos —, isso pressupõe que mais nenhum uso da palavra foi considerado mais eficaz para criar contacto com entidades que nos envolvem e estão para lá de nós. E não há o perigo de estas histórias, amiúde imensamente remotas no tempo e no espaço, nos parecerem estranhas ou inacessíveis. Todas as histórias míticas, independentemente da origem, estão relacionadas com algo que nos é muito próximo, mesmo que o ignoremos com frequência. E nada melhor para o demonstrar do que outra história, desta vez hassídica, narrada por Martin Buber e recuperada por Heinrich Zimmer:

«O rabi Eisik, filho do rabi Jekel, vivia no gueto de Cracóvia. A sua fé permanecera intacta durante os anos de aflição, e ele era um pio servo do Senhor.»

«Certa noite, teve um sonho; o sonho mandava-o ir longe até à capital do reino da Boémia, Praga. Aí encontraria um tesouro escondido, enterrado debaixo da ponte que liga a cidade ao castelo. O rabi ficou surpreendido, mas adiou a partida. O sonho apareceu mais duas vezes. À terceira vez, o rabi preparou-se para a viagem e partiu.»

«Chegado à cidade de Praga, o rabi Eisik apercebeu-se de que a ponte estava guardada dia e noite por sentinelas. De modo que não conseguiu encontrar uma oportunidade para escavar. Regressava todas as manhãs e vagueava perto da ponte até à noite, observando as sentinelas, analisando o solo e os muros sem dar nas vistas. Finalmente, o chefe dos guardas, impressionado com a insistência do velho, aproximou-se dele e perguntou-lhe se, por acaso, tinha perdido alguma coisa ou se estava à espera de alguém. O rabi Eisik, então, com simplicidade, falou-lhe do sonho que tinha tido. O chefe dos guardas desatou a rir.»

«"Ah, sendo assim, pobre de vós"», disse. «Gastastes as solas dos vossos sapatos apenas por causa de um sonho? Mas quem é que, de bom senso, vai confiar assim num mero sonho? Se eu confiasse nos sonhos, neste momento, não estaria aqui, também teria partido numa viagem tão insensata como a vossa, e, sinceramente, obtendo o mesmo resultado. Mas deixai que vos conte o meu sonho.»

«O rabi sentia simpatia pelo oficial e dispôs-se de boa vontade a escutá-lo. O oficial disse: "Sonhei com uma voz que me ordenava que fosse a Cracóvia à procura de um grande tesouro na casa de um rabi chamado Eisik, filho de Jekel. Encontraria o tesouro num recanto sujo da sua casa, por trás do aquecedor a lenha. Imaginai: Eisik, filho de Jekel", disse ainda o capitão, a rir-se. "Imaginai: ir até Cracóvia e mandar abaixo metade das paredes do gueto, porque ali metade dos homens chama-se Eisik e a outra metade Jekel!" E continuava a rir-se.»

«Entretanto, o rabi escutava avidamente, mas sem dar nas vistas. Depois, após uma vénia profunda, agradeceu ao estrangeiro, que agora era seu amigo, e apressou-se a regressar à sua cidade. Assim que entrou em casa, pôs-se a escavar no recanto mais escuro e sujo atrás do aquecedor a lenha, e aí encontrou o tesouro que pôs fim às suas desgraças. Com parte daquele dinheiro, mandou construir uma casa de oração que ainda hoje tem o seu nome».

Qual é o objetivo, pelo menos o primeiro objetivo, desta história admirável? Não certamente que o verdadeiro tesouro está sempre perto de nós. Seria um lugar-comum demasiado tranquilizador. O tesouro perto de nós, enquanto tal, é inerte, como se não existisse. O verdadeiro objetivo é a viagem, aliás, a viagem improvável. Uma viagem improvável porque leva para longe, para um lugar incongruente, e, sobretudo, porque requer confiança, com um gesto de *śraddhā*, em algo que, por definição, é fugidio e não dá garantias: um sonho. Mas só a viagem é que faz com que o tesouro exista. E isso deveria bastar como resposta à pergunta sobre a utilidade das mitologias. A primeira virtude das histórias, de resto, é a evidência, uma evidência que fala por si, a partir do tecido da própria história.

Um bom editor é aquele que publica cerca de um décimo dos livros que gostaria de publicar e que, porventura, deveria publicar. As obras religiosas e mitológicas do catálogo da Adelphi deveriam, por isso, ser vistas como indicação de um traçado onde, em todas as direções, os livros publicados são acompanhados por muitos livros virtuais, como sombras amigas. E quero acrescentar que um bom editor é também aquele em cujos livros estas sombras amigas são natural e irresistivelmente geradas. Acenam-nos a partir de lugares remotos, de espaços que ainda se mantêm imensos, à espera de serem novamente evocadas, sob a forma usual de páginas a ler.

II

A edição como género literário

Quero falar-vos de algo que geralmente se dá por implícito, mas que depois se revela não ser nada óbvio: a arte de publicar livros. E antes gostava de me debruçar um instante sobre o próprio conceito de «edição», pois parece-me que está envolvido por uma notável quantidade de equívocos. Se perguntarmos a alguém o que é uma editora, a resposta habitual, e também a mais razoável, é a seguinte: é um ramo secundário da indústria que tenta ganhar dinheiro publicando livros. E o que é uma *boa* editora? Uma boa editora — permita-se-me a tautologia — é aquela que, sendo possível, publica *apenas* bons livros. Portanto, para usar uma definição expedita, livros que tendem a orgulhar o editor, e não a envergonhá-lo. Deste ponto de vista, semelhante editora dificilmente será interessante em termos económicos. Publicar bons livros nunca enriqueceu ninguém. Ou, pelo menos, não em medida comparável ao que pode acontecer fornecendo ao mercado água mineral, computadores ou sacos de plástico. Ao que parece, uma empresa editorial só consegue alcançar ganhos notáveis quando os bons livros são mergulhados no meio de inúmeras outras coisas muito diferentes. E estando mergulhados, mais facilmente se afogam, podendo, assim, desaparecer por completo.

É bom, pois, recordar que, em numerosas ocasiões, a publicação de livros revelou ser um caminho rápido e seguro para desperdiçar e exaurir grandes somas de dinheiro. Podemos inclusivamente acrescentar que, juntamente com a roleta e as cocotes, fundar uma editora sempre foi, para um jovem de família abastada, uma das maneiras mais eficazes de dissipar a própria fortuna. Se é assim, podemos questionar-nos, então, como é que a função de editor atraiu, ao longo dos séculos, um número tão elevado de pessoas e continua a ser considerada fascinante — e, em certos aspetos, misteriosa — também nos nossos dias. Por exemplo, não é difícil entender que não há título mais ambicionado por certos poderosos da economia, os quais, frequentemente, o adquirem a um preço bem elevado. Se estas pessoas pudessem afirmar que *publicam* vegetais congelados, ao invés de os produzirem, provavelmente estariam felizes na mesma. Pode-se concluir, portanto, que, além de ser um ramo de negócio, a publicação de livros sempre foi uma questão de prestígio, até porque se trata de um género de negócio que, em simultâneo, é uma arte. Uma arte em todos os sentidos, e, seguramente, uma arte perigosa porque, para a praticar, o dinheiro é um elemento essencial. Deste ponto de vista, é possível afirmar que pouco mudou desde o tempo de Gutenberg.

E, no entanto, ao olharmos para os cinco séculos de história da edição de livros tentando pensar nela como uma arte, constata-se, desde logo, o surgimento de vários paradoxos. O primeiro é o seguinte: com base em que critérios podemos avaliar a grandeza de um editor? Sobre este assunto, como costumava dizer um amigo meu espanhol, não existe bibliografia. Podem ler-se estudos muito eruditos e minuciosos sobre a atividade de certos editores, mas raramente embatemos numa avaliação da sua grandeza, como, ao invés, acontece quando se trata de escritores ou de pintores. De que é feita, então, a grandeza de um editor? Tentarei responder à pergunta com alguns exemplos. O primeiro exemplo e, talvez, o mais eloquente leva-nos às origens da edição de livros. Com a impressão, aconteceu um fenómeno que viria a repetir-se mais tarde com o nascimento da fotografia. Parece que fomos iniciados a estas invenções por mestres que atingiram de imediato uma excelência inalcançável. Para compreendermos o essencial da fotografia, é suficiente estudarmos a obra de Nadar. Se quisermos compreender o que pode ser um grande editor, é suficiente consultar os livros publicados por Aldo Manuzio, que foi o Nadar da edição de livros. Foi o primeiro a imaginar uma editora como forma. E, neste caso, a palavra «forma» deve ser entendida de muitas e variadas maneiras. Em primeiro lugar, a forma é decisiva na escolha e na sequência dos títulos a publicar. Mas a forma também diz respeito aos textos que acompanham os livros e ao modo como o livro se apresenta como objeto. Portanto, inclui a capa, o design, a paginação, os caracteres, o papel. O próprio Aldo costumava escrever sob a forma de carta ou *epistulae* os breves textos introdutórios aos livros, precursores não apenas de todas as modernas introduções, prefácios e posfácios mas também de todas as badanas, de todos os textos de apresentação para as livrarias e de toda a publicidade dos nossos dias. Foi dele a primeira referência ao facto de que todos os livros publicados por determinada editora podem ser vistos como anéis de uma mesma corrente, ou segmentos de uma linha de livros, ou fragmentos de um livro único formado por todos os livros publicados por essa editora. Esta, como é óbvio, é a meta mais audaz e ambiciosa de alcançar para um editor, e assim continua a ser desde há cerca de quinhentos anos. E se vos parecer uma tarefa impraticável, é suficiente recordar que também a literatura, se não conservar no seu profundo o impossível, perde a sua magia. Algo de análogo, creio, se pode afirmar acerca da edição de livros ou, pelo menos, deste modo específico de ser editor, que certamente não foi muito praticado ao longo dos séculos, mas que, por vezes, alcançou resultados memoráveis. Para dar uma ideia do que pode ser gerado a partir deste conceito de edição, citarei dois livros impressos por Aldo Manuzio. O primeiro foi publicado em 1499 com o título obscuro *Hypnerotomachia Poliphili*, que significa «Batalha de Amor em Sonho». De que tratava? Foi, antes de mais, o equivalente ao «primeiro romance» dos nossos dias. De autor desconhecido (e ainda hoje misterioso), escrito numa espécie de língua imaginária, uma espécie de *Finnegans Wake* composto apenas por misturas e hibridações entre italiano, latim e grego (o hebraico e o árabe apareciam apenas nas xilografias). Uma operação sobremaneira arriscada, poder-se-ia dizer. E que aspeto tinha o livro? Era um volume em formato in-fólio, ilustrado com magníficas gravuras, perfeita contraparte visual do texto. Coisa ainda mais arriscada.

Mas a este ponto temos de acrescentar o seguinte: na opinião da maioria dos aficionados dos livros, este é *o livro mais belo* alguma vez impresso. Opinião que pode ser comprovada pelo leitor, se alguma vez tiver nas mãos um exemplar daquela edição ou até uma boa reprodução. O livro foi, obviamente, um golpe de génio, único e irrepetível. E ao criá-lo, o editor teve um papel fundamental. Mas não devemos pensar que Manuzio foi grande apenas como criador de tesouros para os bibliófilos dos séculos vindouros. O segundo exemplo que lhe diz respeito segue uma direção completamente diferente: três anos depois do *Hypnerotomachia Poliphili*, em 1502, Manuzio publicou uma edição de Sófocles num formato que ele definiu como *parva forma*, «pequena forma». Quem teve a sorte de o manusear constatou desde logo que se tratava do primeiro livro de bolso da história, o primeiro *paperback*. Literalmente, o primeiro livro que cabia num bolso. Ao inventar um livro com semelhante formato, Manuzio transformou os gestos que acompanham a leitura. Deste modo, o próprio ato de ler mudou de maneira radical. Observando o rosto do livro, pode ser admirada a elegância do carácter grego em itálico, que, aqui, é usado pela primeira vez e que, depois, se tornou um precioso ponto de referência. Por isso, Manuzio foi capaz de alcançar dois resultados opostos: por um lado, criou um livro como o *Hypnerotomachia Poliphili*, que nunca mais teve outro igual, e é quase o arquétipo do *livro único*. Por outro lado, criou um livro totalmente diferente, como o de Sófocles, que, ao invés, foi copiado milhões e milhões de vezes por todo o lado, até aos dias de hoje.

Nada mais direi sobre Aldo Manuzio, pois já vejo perfilar-se uma pergunta na vossa mente, pergunta essa que pode ser formulada da seguinte maneira: muito bem, tudo isso é fascinante e pertence às glórias do Renascimento italiano, mas o que é que tem que ver connosco e com os editores dos nossos dias, mergulhados na maré-cheia dos *tablets*, *e-books* e DVD, para não falar dos variados e incestuosos conúbios entre todos estes aparelhos? Se tiverem paciência durante mais alguns instantes, tentarei responder a esta pergunta servindo-me de outros exemplos. De facto, se eu dissesse sem meios-termos que, na minha opinião, um bom editor dos nossos dias deveria tentar fazer aquilo que Manuzio fazia em Veneza no primeiro ano do século XVI, os leitores iriam pensar que se tratava de uma brincadeira, embora, na realidade, eu não esteja a brincar. Assim, vou falar-vos de um editor do século XX para demonstrar que ele agiu exatamente da mesma maneira, ainda que num contexto totalmente diferente. Chamava-se Kurt Wolff. Era um jovem alemão, elegante, rico, mas não muito. Queria publicar novos escritores de qualidade literária elevada. Para esse efeito, criou uma coleção de livros breves, de formato inusual, intitulada Der Jüngste Tag (O Dia do Juízo), título que hoje parece totalmente apropriado para uma coleção de livros publicados na Alemanha durante a Primeira Guerra Mundial. Se observarem estes livros pretos, sem adornos e austeros, com as etiquetas coladas na capa, como se fossem cadernos escolares, porventura pensarão: «Os livros de Kafka deveriam apresentar-se desta maneira.» E, com efeito, alguns contos de Kafka foram mesmo publicados nessa coleção. Entre eles *A Metamorfose*[32], em 1915, com uma bela etiqueta azul e uma moldura preta. Nessa época, Kafka era um jovem escritor pouco conhecido e extremamente discreto. Mas se lerem as cartas que Kurt Wolff lhe escrevia, apercebem-se logo, dada a delicadeza do trato e o desvelo atencioso, de que o editor simplesmente *sabia* quem era o seu correspondente.

Kafka, de resto, não era certamente o único jovem publicado por Kurt Wolff. Em 1917, ano sobremaneira turbulento para o mundo editorial, Kurt Wolff reuniu num almanaque, intitulado

---

[32] *Die Verwandlung*, no original em alemão. [N. do T.]

Vom Jüngsten Tag, textos de alguns jovens autores. Apresentado o almanaque, eis alguns desses autores: Franz Blei, Albert Ehrenstein, Georg Heym, Franz Kafka, Else Lasker-Schüler, Carl Sternheim, Georg Trakl, Robert Walser. São os nomes dos jovens escritores que, nesse ano, se reuniram sob a égide do jovem editor. E esses mesmos nomes, ninguém excluído, fazem parte da lista dos autores essenciais que um jovem hoje deve ler se quiser saber algo sobre a literatura de língua alemã dos primeiros anos do século XX.

A minha tese parece estar já bastante explicitada. Aldo Manuzio e Kurt Wolff não fizeram nada de substancialmente diferente, à distância de quatrocentos anos um do outro. De facto, praticavam a mesma *arte da publicação*, embora esta arte passe despercebida à maior parte das pessoas, incluindo editores. E esta arte pode ser avaliada em ambos os casos segundo os mesmos critérios, sendo o primeiro e o último deles a *forma*: a capacidade de dar forma a uma pluralidade de livros como se fossem capítulos de um único livro. E tudo isso cuidando — um cuidado apaixonado e obsessivo — da roupagem de cada livro, do modo como é apresentado. E, por fim, também — e não é certamente de menor importância — de como aquele livro pode ser vendido ao maior número de leitores.

Há cerca de 50 anos, Claude Lévi-Strauss propôs que se considerasse uma das atividades fundamentais do género humano — ou seja, a elaboração de mitos — como uma forma particular de *bricolage*. De resto, os mitos são constituídos por elementos já prontos, muitos deles resultantes de outros mitos. Tendo em conta este aspeto, sugiro que se considere também a arte da publicação como uma forma de *bricolage*. Tentem imaginar uma editora como um texto formado não apenas pela soma de todos os livros que ela publicou mas também por todos os outros elementos constitutivos, como as capas, as badanas, a publicidade, a quantidade de exemplares impressos e vendidos, ou as várias edições em que o mesmo texto foi apresentado. Imaginem uma editora assim e vão encontrar-se mergulhados numa paisagem muito singular, algo que poderiam considerar uma obra literária em si mesma, pertencente a um género específico. Um género que se orgulha dos seus clássicos modernos: por exemplo, os amplos domínios da Gallimard, que das tenebrosas florestas e dos pântanos da Série Noire se estendem até ao planalto da Pléiade, incluindo, no entanto, também várias graciosas cidades de província ou lugares turísticos que, por vezes, se assemelham às aldeias Potëmkin de cartão, montadas, neste caso, não para a visita de Catarina, *a Grande*, mas para uma temporada de prémios literários. E bem sabemos que quando se expande nessa direção, uma editora consegue assumir um certo aspeto imperial. Por exemplo, o nome Gallimard ressoa até aos territórios mais remotos onde a língua francesa penetra. Ou, por outro lado, podemos encontrar-nos no meio das vastas herdades da Insel Verlag, que dão a impressão de terem pertencido durante muito tempo a um senhor feudal iluminado que, por fim, deixou as suas propriedades aos mais devotos e experimentados vassalos... Não quero insistir mais, mas já perceberam que deste modo consegue-se conceber mapas muito pormenorizados.

Ao considerarmos as editoras sob esta perspetiva, surge talvez mais claro um dos aspetos mais misteriosos do nosso ofício: porque é que um editor recusa publicar determinado livro? Porque se dá conta de que publicá-lo seria como introduzir uma personagem errada num romance, uma figura que correria o risco de desequilibrar o conjunto ou de o desnaturar. Um segundo aspeto diz respeito ao dinheiro e ao número de exemplares: seguindo esta linha de raciocínio, somos obrigados a ter em consideração a ideia de que a capacidade de fazer ler (ou, pelo menos, de *comprar*) certos livros é um elemento fundamental da qualidade de uma editora. O mercado — ou a relação com aquele destinatário desconhecido e obscuro que se chama «o público» — é o primeiro ordálio do editor, na aceção medieval do termo: uma prova de fogo que pode queimar consideráveis quantias. Portanto, podemos definir a edição de livros como «género literário híbrido e multimédia». Híbrido é-o sem sombra de dúvida. Quanto ao facto de se combinar com outros meios de comunicação, trata-se de um facto adquirido. Não obstante, editar livros, enquanto jogo, permanece fundamentalmente aquele velho jogo que Aldo Manuzio praticava. E um novo autor que vem ao nosso encontro com um livro difícil é, para nós, muito semelhante ao ainda misterioso autor do romance intitulado *Hypnerotomachia Poliphili*. Enquanto o jogo durar, tenho a certeza de que haverá sempre alguém disposto a jogá-lo com paixão. Mas se um dia as regras mudarem radicalmente, como por vezes somos induzidos a temer, tenho igual certeza de que saberemos converter-nos a outra atividade qualquer, e poderemos também encontrar-nos em redor de uma mesa de *roulette* ou de *écarté* ou de *black jack*.

Quero terminar com uma última pergunta e mais outro paradoxo. Até que extremos pode a arte da edição ser levada? Será ainda possível concebê-la em circunstâncias em que faltam certas condições essenciais, como o dinheiro e o mercado? A resposta — surpreendentemente — é afirmativa. Pelo menos se olharmos para um exemplo que nos chega da Rússia. Em plena revolução de outubro, dias que foram, segundo as palavras de Aleksandr Blok, «um misto de angústia, horror, penitência, esperança», em que as tipografias já haviam sido encerradas por tempo indeterminado e a inflação fazia subir os preços de hora para hora, um grupo de escritores — entre os quais o poeta Chodasević, o intelectual Berdjaev e o romancista Michail Osorgin, que, de resto, foi o cronista desses acontecimentos — achou por bem lançar-se na aventura aparentemente insensata de abrir uma Livraria dos Escritores, que permitisse que os livros, sobretudo certos livros, *circulassem*. Rapidamente, a Livraria dos Escritores tornou-se, nas palavras de Osorgin, «a única livraria em Moscovo e na Rússia em que o cliente podia comprar um livro "sem autorização"».

Aquilo que Osorgin e os seus amigos teriam querido criar era uma pequena editora. Mas as circunstâncias tornavam a coisa impossível. Usaram, então, a Livraria dos Escritores como uma espécie de duplo de uma editora. Já não um lugar onde se produziam livros novos, mas onde se tentava dar acolhimento e circulação aos numerosíssimos livros — uns preciosos, outros normais, outros ainda avulsos e destinados a desaparecer — que o naufrágio da história fazia aportar às prateleiras do estabelecimento. O importante era manter vivos certos gestos: continuar a lidar com aqueles objetos retangulares de papel, folheá-los, organizá-los, falar deles, lê-los nos intervalos entre tarefas e, por fim, passá-los a outros. O importante era criar e manter uma ordem, uma forma reduzida à sua definição mínima e irrenunciável — eis o que é precisamente a arte da edição de livros. E foi assim que foi praticada em Moscovo, entre 1918 e 1922, na Livraria dos Escritores, que atingiu o ápice da sua nobre história quando os fundadores da livraria decidiram, visto que a edição tipográfica era impraticável, dar início à publicação de uma série de obras num único exemplar escrito à mão. O catálogo completo destes livros literalmente únicos ficou em casa de Osorgin, em Moscovo, e acabou por se perder. Mas, apesar disso, o exemplar continua a ser o modelo e a Estrela Polar de quem quer tentar ser editor em tempos difíceis. E os tempos são sempre difíceis.

A badana das badanas

A badana é uma humilde e árdua forma literária que ainda não encontrou teorizador nem historiador. Para o editor, amiúde, representa a única oportunidade para acenar explicitamente aos motivos que o levaram a escolher determinado livro. Para o leitor, é um texto que se lê com desconfiança, pois receia que se trate de conversa de vendedor. E, no entanto, a badana também pertence ao livro, à sua fisionomia, como a cor e a imagem da capa, como os caracteres em que é impresso. É que uma civilização literária também se reconhece pelo modo como os livros se apresentam.

O caminho percorrido pela história do livro foi longo e sinuoso antes de fazer nascer a badana. O seu nobre antepassado foi a *epístola dedicatória*: outro género literário, florescido a partir do século XVI, em que o autor (ou o impressor) se dirigia ao Príncipe que havia protegido a obra. Género não menos embaraçoso do que o texto da badana, já que neste caso a sedução comercial assumia um carácter bajulatório. Apesar disso, muitas vezes e em muitos livros, o autor (ou o impressor), entre as linhas da epístola dedicatória, deixou transparecer a sua verdade e também destilou o seu veneno. De todas as formas, constata-se que, quando o livro vem ao mundo, parece estar obrigado a passar por uma forma que suscita desconfiança.

Na Idade Moderna já não há um Príncipe como destinatário, mas sim o Público. Terá, porventura, um rosto mais claro e reconhecível? Quem acha que sim engana-se. Pode ser até que alguns baseiem a sua profissão nesse engano. Mas a história da edição, quando vista de perto, é uma história de surpresas perenes, uma história em que reina o imprevisto. O capricho do Príncipe foi substituído por outro capricho, difuso e não menos poderoso. E as possibilidades de equívoco multiplicaram-se. Comecemos pela palavra: quem diz *público* pensa geralmente numa entidade pesada e informe. Mas a leitura é solitária, tal como o pensamento, e pressupõe a obscura e isolada escolha de um indivíduo. O capricho implícito na escolha do mecenas que sustenta o escritor (ou o impressor) é, no fim de contas, menor, porque tem mais fundamento do que o capricho de um leitor desconhecido que se aproxima de uma obra e de um autor de quem nada sabe.

Observemos um leitor numa livraria: pega num livro, folheia-o e, durante instantes, isola-se do mundo. Escuta alguém que fala e que os outros não ouvem. Acumula fragmentos casuais de frases. Fecha o livro, olha para a capa. Depois, detém-se na badana, da qual espera auxílio. Nesse momento, e sem saber, está a abrir um envelope: aquelas escassas linhas, externas ao texto do livro, são, de facto, uma carta: a carta a um desconhecido.

Durante muitos anos, depois de a Adelphi ter começado a publicar, houve vezes em que nos perguntavam: «Qual é a política da editora?» Era uma pergunta típica de um certo período em que a palavra *política* inquinava tudo, até o café que se bebia num bar. Contudo, apesar do constrangimento, era uma pergunta legítima. No nosso século, o editor tornou-se cada vez mais uma figura oculta, um ministro invisível que dispensa imagens e palavras seguindo critérios não imediatamente claros, que suscitam a curiosidade universal. Publica, porventura, tal como tantos outros produtores, para ganhar dinheiro? Na realidade, poucos acreditam nisso, quanto mais não seja por causa da fragilidade do ofício e do mercado. Surge, assim, espontaneamente, a dúvida de que, neste caso, o dinheiro não é critério suficiente. Há sempre um *algo mais* que é atribuído ao editor. Se existisse (e eu nunca o encontrei) um editor que publicasse *apenas* para ganhar dinheiro, creio que ninguém lhe daria ouvidos. E provavelmente iria à falência num abrir e fechar de olhos, confirmando os incrédulos na sua convicção.

Nos primeiros anos, o que impressionava nos livros da Adelphi era, antes de mais, uma certa *desconexão*. Na mesma coleção, a Biblioteca, foram publicados, em sequência, um romance ficcional, um tratado japonês sobre a arte do teatro, um livro popular de etologia, um texto religioso tibetano e a narração da experiência de prisão durante a Segunda Guerra Mundial. O que é que ligava todos estes livros? Paradoxalmente, após alguns anos, o desconcerto perante a desconexão transformou-se no seu contrário: o reconhecimento de uma evidente conexão. Nalgumas livrarias, em que as estantes estão divididas por matérias temáticas, encontrei — ao lado das etiquetas Culinária, Economia, História, etc. — outra etiqueta, de aspeto gráfico idêntico, que dizia simplesmente: Adelphi. Esta inversão curiosa, que se impôs à perceção de alguns livreiros e de muitos leitores, não era injustificada. Pode-se criar uma editora pelas mais variadas razões e segundo critérios diversificados. Aquilo que hoje parece ser mais normal, numa grande editora, pode ser formulado da seguinte forma: publicar livros que correspondam, cada qual, a uma parte do imenso leque que é o público. Assim, haverá livros rudes para os rudes e livros finos para os finos, numa proporção que corresponde à grandeza atribuída a cada uma dessas partes.

Será, no entanto, possível criar um programa editorial seguindo um critério claramente inverso? O que é uma editora senão uma longa fila de páginas? Cada segmento dessa fila é um livro. Mas e se considerássemos aquela série de segmentos um único livro? Um livro que engloba muitos géneros, muitos estilos, muitas épocas, mas em que se continua a avançar com naturalidade, sempre à espera de um novo capítulo, que, de quando em vez, é de outro autor. Um livro perverso e polimorfo, onde se mira à *poikilía*, à «variedade», sem fugir dos contrastes e das contradições, mas em que os autores inimigos desenvolvem uma cumplicidade subtil, que eventualmente haviam ignorado nas suas vidas. No fundo, este estranho processo em que uma série de livros pode ser lida como um único livro já havia ocorrido na mente de alguém, pelo menos daquela entidade anómala que se encontra por trás de cada livro: o editor.

Esta perspetiva implica algumas consequências. Se um livro é, antes de mais, uma forma, também um livro composto por uma sequência de centenas (ou milhares) de livros será, antes de mais, uma forma. No seio de uma editora do género que tenho estado a descrever, um livro *falhado* é como um capítulo falhado num romance, uma ligação débil num ensaio, uma mancha de cor feia num quadro. Criticar essa editora, neste ponto, não será nada de radicalmente diferente do que criticar um autor. Essa editora é comparável a um autor que apenas escreve miscelâneas. Mas os primeiros clássicos chineses não eram, porventura, meras miscelâneas?

Contudo, não quero ser mal interpretado: não estou a exigir que o editor se torne um clássico chinês antigo. Seria perigoso para o seu equilíbrio mental, já ameaçado por tantas ciladas e seduções como, por exemplo, a sedução — destinada a ter um certo êxito —, que é a perfeita inversão daquela que podemos designar como *tentação do clássico chinês*. Com isso, pretendo referir a possibilidade de se tornar como o «pobre rico» sobre o qual escreveu Adolf Loos, que quis morar num apartamento criado até ao mínimo detalhe pelo seu arquiteto e que, por fim, se sentiu totalmente estranho e envergonhado na sua própria casa. O arquiteto repreendeu-o, pois ousara calçar um par de pantufas (também desenhadas pelo arquiteto) na sala de estar e não no quarto.

Não, a minha proposta é a de que aos editores se exija sempre o mínimo, mas com dureza. E qual é este mínimo irrenunciável? Que o editor tenha prazer em ler os livros que publica. Mas não será porventura verdade que todos os livros que nos deram alguma espécie de prazer formam na nossa mente uma criatura heterogénea, cujas articulações estão, porém, ligadas por uma afinidade invencível? Essa criatura, formada pelo acaso e por uma procura obstinada, poderia ser o modelo de uma editora — por exemplo, de uma editora que, no próprio nome, revela logo uma propensão para a afinidade: a Adelphi, precisamente.

As badanas que escrevi (1089 até hoje) têm vestígios de tudo isto que foi dito. Desde o começo, obedeciam a uma regra única: que nós próprios os levássemos à letra; e a um só desejo: que também os leitores, contrariamente ao habitual, fizessem o mesmo. Naquele estreito espaço de retórica — menos fascinante do que o de um soneto, mas igualmente rigoroso —, tratava-se de dizer poucas palavras eficazes, como quando se apresenta um amigo a outro amigo. E ultrapassando aquele ligeiro embaraço que existe em todas as apresentações, também e sobretudo entre amigos. Além do respeito das regras da boa educação, que impõem que não se sublinhem os defeitos do amigo apresentado. Mas em tudo isso havia também um tormento: sabemos bem que a arte do louvor específico não é menos difícil do que a da crítica devastadora. E também sabemos que o número de adjetivos apropriados para louvar os escritores é infinitamente menor do que os adjetivos disponíveis para louvar Alá. A repetição e o limite fazem parte da nossa natureza. No fundo, nunca conseguiremos variar mais do que os gestos que já realizamos ao levantarmo-nos da cama.

III

Giulio Einaudi

A edição de livros é um ofício em que a excelência está reservada a poucos. Se olharmos para o mundo inteiro e para o nosso século na sua totalidade, constatamos que existem muitos editores bons (entenda-se: que publicaram bons livros). E também há editores competentes (entenda-se: hábeis a publicar livros de todos os géneros). Mas há poucos grandes editores. Certamente menos numerosos do que os grandes escritores que eles próprios publicaram. Giulio Einaudi foi um desses grandes editores.

Mas como se avalia a grandeza de um editor? O tema não parece suscitar grande emoção. É inútil procurar nas histórias do mundo editorial, já que, no melhor dos casos, apenas se apresentam dados úteis e informações sobre vários contextos. Falta a qualidade da avaliação, que deveria ser implacável e pormenorizada como quando se avalia um soneto ou um poema épico. É melhor, então, virar-se para as origens, pois nos seus primeiros momentos pode acontecer que uma forma se manifeste na plena expansão de todas as suas potencialidades. Foi assim que aconteceu, por exemplo, na história da fotografia. Quem quiser saber o que a fotografia pode ser comece por estudar Nadar. Mas quem foi o Nadar da edição? Um editor de Veneza, Aldo Manuzio. Foi ele o primeiro a conceber a edição como forma. Forma em todas as direções. Antes de mais, obviamente, na escolha e na sequência dos títulos publicados. Depois, nos textos que os acompanham (as páginas de abertura que o próprio Aldo escrevia são os antepassados nobres não apenas de todas as modernas introduções e posfácios mas também das badanas, das apresentações editoriais e da publicidade). De seguida, na forma tipográfica do livro e nas suas características como objeto. E, neste ponto, é sabido que Aldo foi um mestre inalcançável: muitos concordam que o livro mais belo alguma vez impresso foi o *Hypnerotomachia Poliphili* (livro que se apresentava, em 1499, como um romance sobremaneira exigente de autor desconhecido ainda vivo: outro sinal da excelência do editor, não publicar somente edições rigorosas de clássicos, mas dedicar igual desvelo na publicação de um livro novo de um autor ainda desconhecido). Dir-se-á que o *Hypnerotomachia Poliphili* foi uma invenção única, irrepetível em todos os sentidos. Mas ao próprio Aldo se deve também a invenção que viria a ter a mais estrepitosa das sortes e se reproduz em cada dia milhões de vezes. Inventou o livro de bolso. Foi o livro de Sófocles de 1502. Pela primeira vez, um livro apresentava-se num formato e com um rosto que poderiam muito bem ser reproduzidos por um editor dos nossos dias, quase quinhentos anos depois. Tenho a sorte de possuir um exemplar desse Sófocles, e sei que, em qualquer momento, o posso enfiar no bolso do casaco e ir até a um café para me sentar a ler a tragédia *Filoctetes*. Última observação: a forma de uma editora vê-se também no modo como os seus vários livros *estão juntos* (quer os textos quer os volumes no seu aspeto físico), tal como estão juntos o capítulo 23 e o capítulo 80 de um longuíssimo romance de Dumas ou também o terceiro e o nono dísticos de uma elegia de Propércio.

A edição como forma, que é também a forma suprema da edição, nasceu, portanto, em Itália, em Veneza, nos últimos 20 anos do século XV. Mas as descobertas geniais também podem ser esquecidas e removidas. A passagem de Aldo foi como a passagem de um meteorito, e o comércio tumultuoso de livros nos séculos vindouros não se podia certamente inspirar nele. Deste modo, a edição de livros tornou-se sobretudo uma atividade muito arriscada e pouco rentável (exatamente como hoje), fascinante sob todos os pontos de vista, mas carente daquela excelência formal e daquele rigor que, pela primeira vez, se manifestaram em Aldo.

Passemos, agora, bruscamente, para a Itália da década de 1930. Roberto Bazlen dizia que a edição de livros de um país se avalia frequentando as suas estantes e os seus escaparates. E, certa vez, em poucas linhas memoráveis a propósito de Trieste, logo a seguir à Primeira Guerra Mundial, fez-nos perceber qual era a diferença entre a edição moderna de língua alemã e o mundo editorial italiano: «É preciso ter visto as bibliotecas que acabaram nas bancas do gueto, no início do outro pós-guerra, quando a Áustria se encontrava em ruínas e os alemães partiam ou vendiam os livros de gente morta durante a guerra. Toda uma grande cultura não-oficial, livros realmente importantes e desconhecidos, procurados e acolhidos com amor, por pessoas que liam determinado livro porque precisavam mesmo de o ler. Tudo coisas que me passavam pelas mãos, em que descobria coisas que nunca ouvira falar, mas, no máximo, de que ainda não percebia a importância, escaparam-me. Ainda hoje, quando ouço falar de livros definitivamente perdidos e que foram revalorizados nestes últimos 20 ou 30 anos, e que nunca mais encontrarei, recordo que me passavam pelas mãos, nas bancas do gueto, há cerca de 30 anos, cheios de pó e prontos a serem dispersos, vendidos por uma ou duas liras. Falo das bibliotecas dos alemães, dos oficiais de marinha austríacos, etc. Se a situação fosse ao contrário, e fossem os italianos a partir, as bancas acabariam por ceder sob o peso de Carducci, Pascoli, D'Annunzio e Sem Benelli, com o acompanhamento de Zambini e de outra gente que dava azar.»

Nessa Itália, em que o fascismo, como é sabido, proibia um certo número de livros, mas que, ainda assim, os deixava passar (e, sobretudo, tê-los-ia deixado passar se houvesse alguém que os quisesse publicar) em enorme quantidade, cresceu o jovem Giulio Einaudi, no seio de uma família da *elite* intelectual que Elena Croce tão bem soube descrever em *Snobismo Liberale.* O jovem Einaudi não é, nem nunca será, um leitor. Não tem, nem nunca terá, conhecimentos profundos num qualquer campo. Mas, por dom natural, sabe fazer render uma das características peculiares daquela estranha *elite* em que nasceu: procurar e identificar pessoas «de valor» (como se dizia inocentemente na altura). Também possui uma elegância inata, a noção da invencível magia que a aparência estética pode ter (recordo-me de Gianfranco Contini, quando, na apresentação da sua coletânea Varianti, na livraria Seeber, em Florença, ao folhear o livro com deleite, o define como «adorável quando apalpado»). E, assim, Giulio Einaudi dá início a uma editora que desde logo sobressairá no meio de todas as outras como um animal de diferente fisiologia. Certamente que a Itália da época não era propriamente um deserto editorial. Os livros sugeridos por Benedetto Croce à Laterza eram de nível elevado, os livros iniciais da Medusa eram de ótima qualidade, a coleção Il Pensiero Storico da editora Nuova Italia apresentava obras fundamentais de estudiosos insignes, desde Rostovzev até Walter F. Otto, passando por Jaeger e Schlosser, alguns ainda à espera de serem traduzidos noutros países. Mas o panorama editorial italiano, naqueles anos, devia ser desconfortante, de uma rara pobreza intelectual e física. A verdadeira Europa estava noutro lugar. E os verdadeiros leitores italianos estavam mais habituados a seguir, todos os meses, as novidades da Gallimard do que as das editoras italianas.

Giulio Einaudi começou, provavelmente sem saber, a praticar a edição como forma, impelido por uma vocação exigente e radical. Mas logo nos primeiros anos do pós-guerra a sua singularidade devia ser claríssima para ele. Ainda que certamente a definisse de outra maneira. Deve ter sido nessa altura que lhe surgiu a imagem do editor como Sumo Pedagogo, ou seja, como Soberano que filtra, segundo os seus desígnios iluminados, a matéria de que é feita a cultura, para ser, depois, pouco a pouco, *octroyée* ao povo. A oportunidade era, sem dúvida, grandiosa. Após 20 anos de fascismo, tudo parecia que tinha de ser feito ou refeito. Por outro lado, os democratas-cristãos, com a sua perspicácia branda, mas frontal, e sem que para isso precisassem de estabelecer um pacto com Mattioli, haviam dado a entender que lhes bastava a pura, muda e incessante gestão do poder político e económico. A cultura, ao invés, podia ser administrada pela Esquerda, até porque eles não eram feitos para a frequentar e, sobretudo, não se sentiam atraídos por ela. Abandonaram inclusivamente o cinema, contentando-se com a vigilância aos decotes. Mas já não tiveram dúvidas quando apareceu a televisão, esta, sim, era coisa para eles.

Giulio Einaudi percebeu tudo isto melhor do que ninguém. Se é verdade que cada editor tende, inevitavelmente, a ser um pouco autocrata e um pouco *dongiovanni* (esta última definição é de Erich Linder, que conheceu os editores todos), pode dizer-se que a Itália do pós-guerra se apresentava como um *hortus deliciarum*. No caso de Giulio Einaudi, o lado autocrata assumiu, sem pestanejar — e como se fosse uma coisa totalmente natural —, a tarefa de educar e treinar o povo da Esquerda, identificável, antes de mais, na multidão de professores — do preparatório ao universitário —, que muito veio a contribuir para o sucesso comercial da editora, lastrando, porém, o seu catálogo com contínuas ofertas, demasiadas vezes acolhidas, dos próprios títulos para concurso. Quanto ao lado *dongiovanni*, faltava-lhe seduzir centenas de autores que ninguém havia contactado antes ou que não soubera tratar com as devidas maneiras. E, por vezes, ofereceram-se à sedução grupos inteiros de obras: os historiadores polacos, os semiólogos russos… Foi assim que, após a morte de Benedetto Croce e até ao início da década de 1980, Giulio Einaudi foi o homem com mais influência na vida cultural italiana. Creio que, na prodigalidade de fanatismo laico que se seguiu ao seu desaparecimento, ninguém foi capaz de fazer essa elementar constatação. E assim, certo dia, por legítima reação, alguém começou a falar de «ditadura» e «hegemonia» einaudianas. Palavras deselegantes, embaraçosas e, portanto, desadequadas. Pistolas apontadas não se viam. E em Itália havia um número suficiente de excêntricos que não se deixava certamente intimidar por algum tipo de «hegemonia». Acho que se tratava mais de um domínio tácito e de uma hipnose subtil. O zelo espontâneo dos súbditos era muito superior à *libido dominandi* da editora. Obscuramente ligado a tudo isto está um fenómeno que se observou durante as comemorações: os elogios devotados a Giulio Einaudi tinham, amiúde, como contraponto a lista dos seus defeitos — antes de mais, a obstinação, a capacidade de atiçar os colaboradores uns contra os outros, um certo dandismo, a insolência, a arrogância congénita, uma certa inconsciência. Creio que foram precisamente estas suas características que fizeram com que a editora mantivesse durante muito tempo o seu fascínio. Giulio Einaudi teve colaboradores de todos os tipos: alguns notabilíssimos (pouco ou só esporadicamente ouvidos) e outros sem visão para a qualidade. Se alguns destes tivessem podido publicar livremente os seus livros prediletos, creio que o resultado seria, no seu conjunto, penoso. E certamente a forma da editora sofreria com isso. Mas não era o próprio Giulio Einaudi quem falava da editora como um «coletivo» onde se tomam «decisões colegiais», como um «laboratório de investigação», como uma oficina onde se produzem incessantemente «instrumentos de trabalho» ou até mesmo como «serviço público»? Sim, mas eram típicas fórmulas tranquilizadoras para uso dos profanos — e é bem sabido que os pressurosos educadores das massas nunca querem desconcertar demasiado os ignorantes (e porventura acabam por crer eles próprios nas mesmas palavras de circunstância que repetem em cada congresso e a cada entrevistador). A prática editorial de cada dia era, felizmente, muito diferente: no fim da linha, a única pessoa que sabia com rabdomântica precisão o que era e o que não era «um livro Einaudi» era o próprio Giulio Einaudi. Claro que esta última e secreta provação pela qual um livro devia passar para ser publicado pela Einaudi deixava a porta aberta a enormes e reiterados erros de avaliação. Mas isso, paradoxalmente, de alguma forma, ajudava a delinear com cada vez maior evidência o perfil da editora. Observação que se impõe atualmente já que as editoras, sobretudo as maiores, tendem a apresentar-se como massas informes onde se encontra de tudo, com especial tendência para o pior.

Quis prestar homenagem a um grande editor, que nos seus melhores anos teve talvez um só igual no mundo: Peter Suhrkamp. Não quero dizer aqui o que acho que faltava ao seu catálogo. Apenas posso referir que aquilo que faltava era, para mim, uma ampla parte do essencial. Mas a conversa levar-nos-ia longe e seria sinuosa. Exigiria que se escrevesse um livro ágil. E isso mostra quão precioso era Einaudi, até mesmo para quem se lhe opunha drasticamente. A este propósito, gostava de me despedir com uma pequena história. Porventura, o momento de maior ambição excessiva (e, no seu conjunto, fatal) da Einaudi foi marcado pela publicação da Enciclopédia. Recordo que, quando apareceu o primeiro volume, um amigo meu me disse: «É o último monumento do sovietismo.» Acho que tinha razão. Não porque os textos nela publicados tivessem alguma coisa de soviético (bem longe disso; aliás, até indicavam outras direções), mas porque soviética era a pretensão, implícita na obra, de apresentar a versão correta de como se deve pensar (ainda que, obviamente, apresentando-se de maneira multidimensional, metadisciplinar, fragmentada, interrogativa e transversal, como era moda naqueles anos).

Eis, então, a pequena história: um dos responsáveis pela Enciclopédia Einaudi, certo dia, propôs-me que escrevesse a entrada «corpo». Disse-lhe que me sentia honrado e perplexo, mas também lhe perguntei espontaneamente a quem havia sido atribuída a entrada «alma». «Essa entrada não está prevista», respondeu-me logo, como se eu tivesse feito uma pergunta inconveniente. Fiquei esclarecido nesse instante que jamais nos poderíamos entender.

Luciano Foà

Tenho estado a questionar-me se alguma vez conheci alguém sobre quem me fosse tão difícil falar como Luciano Foà. Procurei durante algum tempo, e, por fim, constatei que ninguém se comparava a ele. Embora fosse impecável na sua amabilidade, Foà era intensamente sombrio, tanto por causa do seu modo de compreender os outros como pelo seu estilo quando se manifestava. Até fisicamente, pois assemelhava-se a um escriba egípcio, agachado com a sua tabuinha entre as pernas, de olhar fixo. Tal como o escriba, sabia que a sua tarefa era a de transmitir, com a máxima precisão, algo para recordar, fosse uma lista de géneros alimentícios ou um texto ritual. Nada mais, nada menos. Só lhe interessava ir ao fundo das coisas, tocar no fundo rochoso das pessoas e das coisas, alcançá-lo com uma sonda lenta, cautelosa e persistente. E, com o mesmo procedimento, estratigráfico e progressivo, revelava-se a si mesmo. Conheci-o nos meus 21 anos, no auge da insolência juvenil, e precisei de algum tempo para me dar conta da sua peculiaridade. Mas quando se me tornou evidente, descobri-la deu-me uma sensação de fortíssimo alívio e tranquilidade. Em mais de 40 anos, nunca ouvi Foà recorrer a intervenções mais enfáticas ou a usar palavras fortes. O que quer que fosse que estivesse a acontecer fora da sala onde conversávamos — e creio que ao longo dos anos conversámos durante milhares de horas —, eu sabia, com total segurança, que Foà não cairia em nenhuma armadilha. E armadilhas — políticas, literárias, religiosas, editoriais, psicológicas — em certos anos, sobretudo nas décadas de 1960 e 1970 — anos que, para nós, foram os mais arriscados, mas também os mais exaltantes — era o que mais havia, quase diariamente. A década que passou na Einaudi foi fundamental para Luciano, e creio que ele tirou para si o melhor que aquele lugar podia dar. Mas esse período da sua vida permitiu-lhe também elaborar a determinação irreversível do que *não* queria e do que *não* gostava. A Adelphi, desde o início, devia ser uma coisa radicalmente diferente. Entre nós, não precisámos de falar de «projeto», de «instituição», de «percursos», de «guias» nem de «política editorial». O nosso acordo baseava-se num amplo subentendimento, uma espécie de lago subterrâneo que nutria as motivações e as escolhas. Conversávamos — sem demasiada profundidade — sobre aquilo que o tempo oferecia, para depois regressarmos ao que ambos mais gostávamos: desenvolver algum pormenor de um livro que queríamos publicar. Pois a regra de ouro que Foà sempre aplicou foi a seguinte: numa editora, tal como num livro, nada é irrelevante, nada desmerece uma atenção total. Se muitos leitores encontraram nos livros da Adelphi algo mais do que aquilo que noutras editoras é escasso ou nem existe, devem-no precisamente a esta regra áurea. Que pode ser relacionada com a definição de cultura segundo Simone Weil: «Educação da atenção.» Não conheço outra definição desta palavra que seja igualmente rápida e convincente.

A recordação mais nítida que conservo de Foà no primeiro escritório da Adelphi, na Rua Morigi, é a de uma sala espaçosa e silenciosa com uma secretária onde se sentava alguém que era feliz por fazer aquilo que fazia. E era Luciano que, neste caso, relia e revia a já excelente tradução do teatro de Georg Büchner que Giorgio Dolfini preparara para a Adelphi. Recordo como ele se detinha demoradamente num ponto de *Leonce e Lena* em que se falava de beijos que *phantasieren* nos lábios de uma menina. Eram os primeiros tempos da Adelphi, e eu andava numa azáfama para dar andamento a uma série de coisas. Mas nesse dia também ficou claro para mim quão decisivo iria ser aquele trabalho invisível de revisão a que eram submetidas todas as palavras de um livro que em breve ia ser publicado.

Luciano não tinha aquela curiosidade omnívora que parece ser obrigatória no mundo editorial. Gostava de poucos escritores e sabia que muito dificilmente iriam juntar-se outros, ao longo dos anos, que fossem igualmente do seu apreço. Na sua mente e na sua sensibilidade podia reconhecer-se uma constelação cujos astros eram Stendhal, Kafka, Goethe, Joseph Roth e Robert Walser. Obviamente, admirava também muitos outros autores. Mas entre estes e os poucos da sua constelação oculta havia, para ele, uma diferença semelhante à que sentia entre a maneira de ser de Roberto Bazlen e a de muitas outras personalidades notáveis e fascinantes, a vários níveis, que tinha encontrado. A sua escolha, claríssima, estava do lado de Bazlen, de Roth e de Walser. No dia a dia, Foà era muito ágil a compreender e a dar resposta. Era igualmente afetuoso com seres tão díspares, que admirava plenamente, como Giorgio Colli, Sergio Solmi ou Mazzino Montinari. E uma sólida amizade ligava-o a pessoas tão diferentes como Erich Linder, Silvio Leonardi ou Alberto Zevi, que ficaria ligadíssimo à Adelphi e ao próprio Luciano até ao fim.

A grandeza de Foà via-se, sobretudo, nos momentos mais difíceis: na avaliação. Podia ser desconfiado ou até inflexível ao abordar certos livros e algumas pessoas de qualidade, porém, nunca, em mais de 40 anos, o vi ser conquistado por algo ou por alguém inconsistente. Havia nele uma capacidade elevadíssima de pressentir o som falso das pessoas e das coisas — aquele som que tantas vezes nos rodeia. Imensa é a gratidão que lhe devemos por ter exercido este magistério. Se me questiono a que se devia aquela inflexível clarividência de avaliação — e, entenda-se, sobretudo da avaliação negativa, porque, para chegar a uma avaliação positiva, Foà deixava o caminho desimpedido e dava tempo ao tempo —, se me questiono de onde vinha essa clarividência no delicadíssimo equilíbrio da sua pessoa, creio que não consigo deixar de referir aquele que era o tema secreto e quase obsessivo de Foà: o tema da graça, no sentido teológico da palavra, que depois engloba todos os outros. Quando saíamos ou nos encontrávamos à noite, frequentemente com a sua Mimmina, que alegrava a sua vida, e por vezes com poucos amigos, tendencialmente sempre os mesmos, várias vezes vi chegar o momento em que Luciano, indiferente aos temas sobre os quais se tinha discorrido durante a noite, dirigia a atenção para aquela palavra, inusual em qualquer conversa. Mais do que as ideias, mais do que o talento ou até do que o génio, o que mais contava para ele era aquela palavra. O verdadeiro critério, decisivo e infinitamente misterioso, residia em saber se era ou não era tocado pela graça. De toda e qualquer teologia, aquele era o único estilhaço que o atingia no profundo. Deveria ser suficiente este modo de pensar, na sua impenetrável singularidade, para nos fazer perceber quanto sobressaía, solitário, Foà no mundo em que crescera e em que participara com todas as suas fibras. Deveria bastar isto para nos fazer perceber o ser raro e iluminado que desapareceu com ele. Que a sua memória nos acompanhe e nos transmita alguma coisa daquela sapiente paixão que Foà dedicou à Adelphi.

Roger Straus

É fácil imaginar que todos nós, sentados esta tarde a estas mesas, temos motivos de gratidão para com Roger. Motivos provavelmente pessoais e, porventura, secretos, e, portanto, não falarei disso. Mas vou tentar dizer algumas palavras sobre um motivo singular de gratidão para com ele que seguramente todos nós temos em comum. Roger, de facto, mais do que qualquer outro, ajudou-nos a resolver um mistério que a seguinte pergunta encerra: porque é que é tão divertido ser editor? Não quero certamente dizer que se trata de uma questão de interesse geral. Duvido mesmo que haja muita gente no mundo que a coloque. Aliás, segundo alguns, só uma pessoa de alguma forma perturbada é que poderia colocar uma questão deste género. E, no entanto, essas pessoas existem e, consciente ou inconscientemente, são obcecadas pela questão. Mas de quem se trata? Dos próprios editores. Por que razão é que alguém quer ser editor? Não certamente por dinheiro, como demonstra amplamente a história da edição; e não certamente pelo gosto do poder, uma vez que o eventual poder do editor não pode deixar de ser fugidio e elusivo, amiúde desadequado para resistir mais do que a breve duração de uma fase. E espero que ninguém pense na palavra «cultura», porque, pelo menos entre pessoas educadas, a etiqueta exige que nunca seja nomeada.

O que sobra, então, senão o puro divertimento? Olhando para o rosto de muitos dos nossos colegas aqui em Frankfurt, ninguém diria isso. Mas quando nos relacionávamos com Roger, éramos obrigados a acreditar. Era suficiente passar cinco minutos com ele para se perceber que, se a atividade do editor não é frequentemente sacudida por uma gargalhada, é porque algo de estranho se passa. Portanto, se a nossa vida de editores não nos oferece suficientes ocasiões para rir, significa que não é suficientemente séria. E Roger era um editor muito sério. Para Roger, os livros, os autores e os editores estavam ligados por uma corrente áurea de histórias. E quando nos encontramos no meio de uma sequência de histórias, é bom sinal rir ou sorrir com muita frequência, quanto mais não seja para fazer de contraponto às próprias histórias, que podem ser bastante sombrias. Deste modo, a vida de um editor contribui para esta corrente com um tesouro de narrações orais, as quais, obviamente, correm o risco de se perderem, no caso de a corrente ser interrompida. No caso de Roger, sabemos que nada temos a temer, pois a chave para a mina das suas histórias encontra-se nas mãos firmes de uma única pessoa: Peggy Miller. E tenho a certeza de que Jonathan Galassi manterá esta tradição, assim como muitas outras da editora. Roger era o fascinante, severo e tranquilo guardião destas histórias, semelhante a um daqueles chefes índios retratados por George Catlin, nos quais Baudelaire reconheceu os arquétipos do *dandy*. Algo do género me veio à mente quando o via à escrivaninha do seu escritório ou no seu *stand* aqui na Feira do Livro de Frankfurt ou a beber um Martini no Union Square Cafe. Todos nós aprendemos com as suas histórias — que ele tinha o hábito de contar com a sua irresistível voz arrastada — um certo número de coisas preciosas que não teríamos conseguido aprender de outra forma. Como editores, não podemos desejar para nós mesmos nada melhor do que conseguir seguir aquela linha, tentando fazer parte do divertimento que Roger soube disseminar pelo mundo da edição durante tantos anos. Por fim, se há regra que devemos seguir, que seja a que Iosif Brodskij — o qual era, de resto, um dos mais fortes pontos de ligação entre nós os dois — formulou, certa vez, ao falar de Roger: «Na dúvida, escolhe sempre a via mais generosa.»

Quando morre um editor, o seu nome, habitualmente, aparece nos jornais seguido dos nomes dos *seus* autores, como se fossem medalhas. No caso de Roger, tenho a certeza de que os seus melhores autores teriam orgulho em ver os seus nomes e os títulos dos seus livros seguidos destas simples palavras: «Era publicado por Roger Straus.»

Peter Suhrkamp

Com volúpia, os historiadores dedicam-se, hoje, a procurar materiais que, durante anos e erradamente, não foram considerados fonte legítima da história: a moda, a alimentação, a etiqueta e as alfaias agrícolas. Mas há certos objetos de estudo que parecem mais difíceis de descobrir, talvez por serem tão evidentes, embaraçosos e maciços que não são sequer percecionados.

Por exemplo, nenhuma das inúmeras histórias literárias e culturais do século XX considera — a não ser obliquamente — aquela forma *flamboyante*, policéfala, simultaneamente brutal e refinada, que assumiram, no nosso século, o editor e a editora. E, no entanto, uma história da edição dos últimos 80 anos seria muito mais útil e informativa do que aqueles manuais tétricos que se desenrolam referindo Movimentos e Manifestos, misturando ecumenicamente o irrelevante com o essencial e explicando, indefetivelmente, que o expressionismo tinha o grito, o surrealismo o onírico e o dadaísmo o absurdo.

Quem é o editor, naquela sua peculiar fisionomia que começou a delinear-se no início do século? Um intelectual e um aventureiro, um industrial e um déspota, um fingidor e um homem invisível, um visionário e um contabilista, um artesão e um político.

Alfred Vallette — que fingia nunca ler os livros que publicava nas minúsculas salas da Mercure de France — dizia que só sabia publicar contos de cozinha, mas a sua cozinha albergava Jarry e Léautaud, Schwob e Remy de Gourmont, Bloy e Valéry.

Kurt Wolff, o «nobre jovem», como o chamava Kraus, publicou em poucos anos escritores estreantes, ou quase, como, por exemplo, Franz Kafka, Gottfried Benn, Robert Walser e Georg Trakl.

Gaston Gallimard, a partir de um grupo de ressentidos, pertencentes a uma revista que despreza orgulhosamente o público, e de uma capa branca com duas linhas vermelhas e uma preta, constrói uma Companhia das Índias do papel impresso.

Entre estas personalidades, amiúde bem mais romanescas do que muitos romances que publicavam, Peter Suhrkamp foi o último de uma certa estirpe e também o único que criou uma editora após a Segunda Guerra Mundial. Provinha de uma família antiga de camponeses e artesãos do Norte da Alemanha, e um forte traço artesanal esteve sempre patente na sua atividade, que, para ele, era, antes de mais, a arte de «traduzir» uma resma de folhas datilografadas num livro. Suhrkamp era um homem que ninguém pretendeu conhecer, nem mesmo entre os seus amigos ou entre os seus mais estreitos colaboradores. Todos tiveram a sensação de embater, a certa altura, contra algo de impenetrável, rochoso e melancólico. Entrou tarde no mundo da edição, introduzido por Bertolt Brecht. Durante o nazismo, conseguiu, incrivelmente, salvaguardar de toda e qualquer intrusão a mais prestigiada editora alemã, que Samuel Fischer fundara em 1886. Mas o rancor acumulado contra ele pelos chefes nazis acabou por eclodir: foi levado para um campo de concentração, e, quando saiu de lá, tinha a saúde destruída.

Após algumas vicissitudes complexas, em 1950, com 59 anos, fundou a editora que tem o seu nome. Hesse e Brecht eram, na época, os dois grandes autores da casa: embora fossem incompatíveis, Suhrkamp era igualmente admirador e amigo de ambos, e só este facto já nos dá a ideia da peculiaridade intraduzível da sua maneira de ser. Entre 1950 e 1959, com um trabalho intensíssimo, amiúde interrompido por longas estadas em clínicas, desenha de forma cautelosa o perfil da nova editora: paradoxalmente, com um programa que ele definia como de *elite* — sem sentir qualquer sentimento de culpa por isso —, Suhrkamp lançava, assim, as bases do grande sucesso mundial que alguns dos seus autores viriam a ter nos nossos dias: não apenas Brecht e Hesse mas também Adorno, Benjamin e Bloch.

Quando, em 1955, saiu a famosa edição dos escritos de Benjamin preparada por Adorno, Suhrkamp questionava-se tranquilamente se os dois volumes iriam encontrar na Alemanha uma dúzia de verdadeiros leitores. De facto, no primeiro ano, as livrarias absorveram 240 exemplares. A clarividência de Suhrkamp revelou-se também na escolha do seu sucessor, Unseld, uma pessoa completamente diferente, mas que manteve com obstinada fidelidade a linha do fundador. Assim, em 25 anos, formou-se aquilo que George Steiner definiu como «cultura Suhrkamp», onde encontramos o melhor da cultura alemã *crítica* do pós-guerra. Atualmente, o momento é delicado para essa cultura: a Escola de Frankfurt, na sequência da morte de Adorno, sobrevive sobretudo como paródia de si própria, e as raras surpresas recentes da narrativa vieram de escritores austríacos, como, por exemplo, Thomas Bernhard, que descendem de uma tradição em muitos aspetos incompatível com a Alemanha. De qualquer das formas, para quem quiser, um dia, abordar as vicissitudes da cultura alemã, as suas misérias e as suas grandezas, na segunda metade do século XX, o melhor guia é o catálogo da editora criada por Peter Suhrkamp.

Vladimir Dimitrijević

Conheci Vladimir Dimitrijević no início da década de 1970 na Feira do Livro de Frankfurt. Já nos aconteceu a todos ler, de tempos a tempos, condenações ferozes do evento como sendo o exemplo mais terrível da confusão de línguas e da submissão da cultura ao mercado. Nunca partilhei destas condenações. Pelo contrário, sinto-me sobremaneira fascinado com o lado caótico da Feira de Frankfurt, e até a relação entre o dinheiro e as letras me parece, no mínimo, digno de interesse. Mas o motivo definitivo para defender a Feira de Frankfurt, a razão que, para mim, vence qualquer argumento contrário, é precisamente o facto de ter sido lá que conheci Dimitrijević. Até a esse momento, apenas sabia uma coisa da Âge d'Homme, isto é, que, de todas as vezes que me focava num autor do mundo eslavo, descobria de imediato que havia sido publicado ou anunciado pela Âge d'Homme. E tinham-me dito que por trás daquela marca havia um certo *Monsieur* Dimitrijević.

Quando o encontrei, reparei logo em qualquer coisa de estranho e raro: entre nós os dois havia cumplicidade, sem que soubéssemos porquê ou de que maneira. Começámos a falar de livros, e a conversa nunca mais parou, até hoje. Creio que isso aconteceu porque temos em comum uma convicção: somos ambos da opinião que, quando se conversa sobre livros, entramos num espaço muito mais vasto, muito mais ligeiro e mais livre do que quando se fala do mundo ou, pior, quando se fala de coisas pessoais. Se calhar tornamo-nos editores somente para prolongarmos ao infinito uma conversa sobre livros. Quando li as páginas emocionantes dos diálogos de Dimitrijević com Jean-Louis Kuffer, em que fala da sua juventude em Belgrado, reencontrei aquela febre, aquele fervor secreto que deve nutrir a imensa paciência do editor. Nas suas conversas com Kuffer, Dimitrijević usou duas palavras para definir o ofício do editor: *barqueiro* e *jardineiro*. Estas duas palavras, para um ouvido pouco experiente, podem parecer sinais de modéstia. Creio, ao invés, que revelam a maior das ambições. Tanto o barqueiro como o jardineiro estão relacionados com algo que preexiste: um jardim ou um passageiro a transportar. Mas também aquilo que habitualmente se chama «criação» está relacionado com algo que preexiste. Cada escritor possui em si mesmo um jardim para cultivar e um passageiro a transportar: nada mais. Caso contrário, teria de se relacionar com uma personagem bem menos interessante, que é o seu Eu. Mas as duas palavras usadas por Dimitrijević não são apenas um sinal de uma ambição maior. Para mim, são também a evocação de um sonho antiquíssimo. Pois bem, creio que, se não tivermos uma imagem do paraíso, é muito difícil ser um grande editor. E um paraíso, independentemente da forma assumida, será sempre um jardim com algum curso de água. Esta imagem, contudo, deve ficar bem escondida. E o que admiro em Dimitrijević é também a relação entre o que é escondido e o que se mostra. O que se mostra, nele, é, por exemplo, aquilo que designarei como «o seu culto do obstáculo». Dimitrijević pratica o ofício de editor tendo por base certos obstáculos elementares, tais como a dificuldade em fazer passar um manuscrito de uma escrivaninha de escritório para uma tipografia, de uma tipografia para uma livraria, de uma livraria para a cabeça de alguém. Dimitrijević tornou-se um grande especialista de todas estas passagens. E precisamente por isso desenvolveu uma metafísica que é o fundamento do seu culto do obstáculo. Quero defini-la como «a metafísica da alfândega». Com a sua furgoneta, Dimitrijević é, portanto, o mais improvável e o mais prático dos editores — e o que eu acho admirável é exatamente a existência destes dois polos. Tudo isso coloca-o numa posição de desequilíbrio crónico em relação a tudo o que nos rodeia: desequilíbrio que Dimitrijević procurou e, por fim, encontrou. Com efeito, se pensarmos nos autores e nos livros que Dimitrijević ama acima de tudo e que publicou com maior paixão, damo-nos logo conta de que todos esses livros têm algo a mais ou algo a menos em relação ao que os rodeia: todos possuem um certo excesso de alma. Tal como Charles-Albert Cingria e Robert Walser, são demasiado pequenos para serem percecionados: exemplos perfeitos daqueles suíços que sabem — cito Dimitrijević — «eclipsar-se sem levantarem a voz». Ou então são como Witkiewicz, Zinov'ev, Caraco, Belyj ou Crnjanski: têm sempre algo em excesso, transbordam os limites da realidade. E não é por acaso, bem pelo contrário, que estes autores, muito diferentes uns dos outros, se encontram publicados pela mesma editora, a de Dimitrijević.

Todo o verdadeiro editor compõe, sem saber ou sabendo-o, um único livro formado por todos os livros que publica. O livro de Dimitrijević seria desmesurado, possuído por uma força que joga com a forma, atraído por uma fidelidade a uma tribo que já não tem um lugar na terra ao qual pertencer, senão as páginas do próprio livro. É isto, creio, que cria a unidade, que dá forma a uma editora; foi isto que permitiu o encontro de Dimitrijević com algumas pessoas essenciais para ele e para a editora, tais como Geneviève e Claude Frochaux. Entre Belgrado e Lausanne, Dimitrijević realizou uma das viagens mais longas que se possa imaginar, uma aventura fora de qualquer dimensão, que só poderia ser narrada por um novo Joseph Conrad. Penso nele sempre que dou por mim, no mundo editorial, perante outras personagens cujas aventuras são igualmente sagas empresariais. Assim, pouco a pouco, percebi os motivos que justificavam a sensação que senti desde logo em relação a Dimitrijević, quando nos conhecemos por entre os *stands* da Feira de Frankfurt: em nosso redor, aquelas centenas de editores, e, depois, ele, Dimitrijević, o barqueiro, o bárbaro, como gostava por vezes de se apresentar, aquele que chegara à Suíça com 12 dólares no bolso e que fizera a sua primeira pergunta em inglês — porque na altura nada sabia de francês — a um livreiro da livraria Payot de Lausanne: «*Who is Amiel?*» Aquilo que Dimitrijević não contou, mas que nós sabemos, é que a primeira boa edição do *Journal Intime* de Amiel viria a ser publicada pela Âge d'Homme alguns anos mais tarde.

Tive, portanto, a sensação de que o desequilíbrio vivificante de Dimitrijević era suficiente para fazer oscilar o equilíbrio demasiado estável e um pouco tétrico de muitos outros. Desejo-lhe, e desejo a todos nós, que esse desequilíbrio vivificante prossiga no tempo.

IV

Faire plaisir

O mundo da edição vive, atualmente, um paradoxo acutilante. Por um lado, toda a gente gostaria de ser editor. Se, a partir de um objeto produzido, o seu produtor pudesse dizer que é também o seu editor, fá-lo-ia de imediato. Ser editor de um produto conserva ainda algo de prestigiante, como se se tratasse de uma função superior à de mero produtor. Por outro lado, há quem pretenda, com declarações cada vez mais frequentes e agressivas, que a própria função do editor seja tendencialmente supérflua. Antevê-se um futuro em que o editor se torna uma função em vias de extinção, um órgão residual, que só será entendido se se recuar alguns passos até à pré-história. As incessantes diatribes sobre o *self-publishing* têm este pressuposto.

Mas como e quando (no fundo, há poucos anos) é que se criou esta estranha situação? O mundo está a viver uma espécie de exaltação informática, que já estabilizou numa fase de paroxismo. O seu principal artigo de fé é a acessibilidade imediata de tudo. O *tablet*, ou qualquer outro *device* (é oportuno manter os termos ingleses porque só nesta língua é que os objetos em questão emanam a sua auréola sagrada), deve garantir que tudo é alcançável (também literalmente, pois tudo está à distância de um simples *touch*). Não só: tal deve acontecer no contexto de um número mínimo de centímetros quadrados. O *device* tende, assim, a tornar-se um cérebro-sombra, bidimensional, sem a desagradável consistência da mucilagem que caracteriza o cérebro humano.

Perante uma visão tão grandiosa, que se expande e aperfeiçoa de dia para dia, o editor não pode deixar de parecer um mísero obstáculo, uma passagem intermédia de que já ninguém sente necessidade, porque a disponibilidade imediata é o *desideratum* partilhado e pretendido por todos. O conceito decisivo é: no imediato. Assim como a «vontade geral» de Rousseau é algo que deveria, por fim, inutilizar muitas instituições intermédias — e possivelmente extingui-las a todas, para evitar a sua influência maligna —, do mesmo modo, a informática tende, como que para o seu lugar utópico, para uma situação em que tudo está ligado a todos, resultando numa *ordo rerum* para a qual todos podem dizer que contribuíram. Seria esta a paródia realizada por aquele mundo arcaico que se regia pela rede dos *bandhu*, as «ligações» de que falavam os textos védicos. Seria a concretização daquilo que René Guénon vaticinou sob o nome de «contra-iniciação». Se um mundo do género é desejável, é uma questão que parece não ter, para a maior parte das pessoas, um carácter de urgência, uma vez que pode ser oportunamente desviada para um qualquer *talk-show* e aí destinada a encalhar. Ao invés, é urgente dar um passo mais além do que o anterior na miniaturização e multiplicação das funções informáticas, como se o movimento perpétuo se tivesse tornado a imagem refletida do perfeito imobilismo que reivindicavam os sacerdotes egípcios, quando disseram a Heródoto que durante 11 340 anos «nada no Egito sofreu qualquer mudança».

Neste processo turbinoso, que nos envolve como uma *nuvem do conhecimento* — mais uma vez, correspondência refletida da *cloud of unknowing* do grande e anónimo autor inglês do tratado místico assim intitulado e, ao mesmo tempo, recorrendo a uma das mais flagrantes palavras do culto digital, que é precisamente *cloud* —, há elementos que *se perdem* ou, ao invés, dá-se a expansão e intensificação de elementos que já existiam? A investigação poderia ser demorada, com resultados amiúde ambíguos. Mas, restringindo-nos ao campo da edição, há um elemento que, dizemo-lo com toda a certeza, a *nuvem do conhecimento* (ou, mais exatamente, a *nuvem da informação*; mas não foi precisamente a distinção entre informação e conhecimento que se esbateu?) não descarta: a *avaliação*, aquela capacidade primordial de dizer «sim» ou «não». Mas a avaliação era o elemento que fundamentava a existência do editor, esse estranho produtor que não precisa de uma fábrica e pode inclusivamente reduzir ao máximo a sua estrutura administrativa. Imprescindível para ele, pelo contrário, sempre foi um único gesto: dizer «sim» ou «não» a um manuscrito e decidir sob que forma apresentá-lo. Contudo, se for fácil prescindir da avaliação, mais fácil será ainda prescindir da forma. Aliás, a reflexão sobre a forma pode brevemente tornar-se incompreensível. Que sentido tem falar de capas quando estas apenas existem nos livros *físicos* (outro conceito de metafísica involuntária que entrou hoje em uso)? E o que poderá ser dito de uma capa além de *vende* ou *não vende*? E o que fazer, de seguida, com a noção obsoleta de *coleção*? Quanto à *página*, não só se circunscreve aos livros físicos como aparece cada vez mais como elemento neutro e uniforme. E o texto que acompanha os livros? São geralmente elogios bem calibrados na ênfase, unidos a uma modesta combinação de fórmulas sedutoras, cujo efeito diminui, obviamente, com a frequência do seu uso.

Enquanto tudo isto acontece, em que moldes é que os bons editores continuam a trabalhar? É suficiente consultarmos a correspondência de Flaubert ou dos Goncourt com o editor Lévy, por volta de 1860, para constatarmos que, tanto na altura como hoje, editores e autores conversam sobre temas idênticos: antes de mais, contratos, em que, alternadamente, o editor e o autor assumem o papel de regateadores; depois, são os erros nas primeiras provas, a insuficiência da publicidade, a exposição nas montras das livrarias, os contactos para se obterem certas recensões, a lentidão das mesmas, a possibilidade de ganhar algum prémio — e de o aceitar ou não —, o torpor crónico dos leitores. Estes elementos da fisiologia editorial mantêm-se intactos. Apenas mudaram os números e as dimensões. Mas não muito. Se o *Discours de la Méthode*, de Descartes, foi publicado com uma tiragem de 2000 exemplares, atualmente, uma University Press norte-americana talvez o publicasse com uma tiragem de *eighteen hundred copies*, como costumam dizer. E é inútil fantasiar com tiragens elevadíssimas, inclusivamente nos grandes mercados. Ainda hoje, se de um livro se venderem 10 000 exemplares, «o editor fica contente» (Sonny Metha, em conversa). Qual é, então, a diferença substancial? Mais uma vez, a avaliação. A perceção da qualidade ou não-qualidade de um livro torna-se um elemento cada vez mais evanescente e secundário. Aquele determinado livro é bom ou não? A que é que está ligado? É *cool* ou não é *cool*? É de tendência ou é antiquado? Funcionaria como *e-book*? O autor viaja ou não viaja? Apresenta-se bem, por exemplo, na televisão? São questões que se levantam e merecem ponderação séria. Falar da fealdade — ou da beleza — de um livro parece perturbador, fora de lugar. É assim que acontece nas editoras porque também é assim que acontece na mente do mundo. Se um grupo de pessoas que se conhecem começa a conversar sobre livros numa qualquer parte do globo, logo o tema se vai desviar para o formato — físico ou eletrónico — dos livros, para as perspetivas económicas da edição (em relação às quais todos parecem nobremente preocupados), para a maneira tecnologicamente preferível de se lerem os livros. Só muito raramente a conversa se detém num livro específico, num escritor específico. Enquanto o cinema continua a produzir, todos os anos, um certo número de filmes que *não podemos deixar de conhecer*, nem que seja por ouvir dizer, o mesmo não se aplica aos livros. Mesmo passando de um país da Europa para outro, é mais fácil constatar que a maioria dos autores mais populares de um certo país é totalmente ignorada no país confinante. Quanto à qualidade, o tema seria difícil de introduzir. As confusões, múltiplas. O conhecimento de cada livro, inexistente muitas vezes. A conversa acabaria por se concentrar em fragmentos casuais de informação. E rapidamente, para alívio de todos, voltava-se ao tema de ser a favor ou contra os livros eletrónicos.

Que tarefa sobra para o editor? Subsiste ainda uma tribo dispersa de pessoas que procura qualquer coisa que seja literatura, sem qualificativos, que seja pensamento, que seja investigação (também estes sem qualificativos), que seja ouro e não lata, que não tenha a inconsistência típica destes tempos. *Faire plaisir* era a resposta que Debussy dava a quem lhe perguntava qual era a finalidade da sua música. O editor também pode propor-se *faire plaisir* àquela tribo dispersa, predispondo um lugar e uma forma que a saiba acolher. Tarefa que hoje parece cada vez mais difícil levar a cabo, não porque faltem os elementos para a pôr em prática, mas porque a quantidade de coisas que todos os dias se apresenta como disponível obstrui o campo visual. E o editor sabe que, se ele próprio também desaparecesse desse campo visual, pouca gente se aperceberia disso.

A obliteração da identidade editorial

Quando, um dia, alguém quiser escrever uma história da edição do século XX, deparar-se-á com uma tarefa fascinante, arrojada e tortuosa. Bem mais do que quando se trata do mundo editorial do século XIX. E foi exatamente na primeira década do século XX que se manifestou a novidade essencial: a ideia da editora como forma, como lugar de elevada singularidade que pode acolher obras reciprocamente congeniais — mesmo que à primeira vista sejam divergentes ou até opostas — e torná-las públicas com um estilo bem delineado e bem distinto de todos os outros. Foi em redor desta ideia — nunca explicitada porque nunca foi necessário fazê-lo — que alguns amigos se juntaram para fundar duas revistas: *Die Insel*, na Alemanha, e *La Nouvelle Revue Française*, em França. De seguida, graças ao impulso, respetivamente, de Anton Kippenberg e de Gaston Gallimard, juntaram-se a estas duas revistas duas novas editoras, fundadas com os mesmos princípios. Mas a ideia da editora como forma, de quando em vez numa variação singular e não necessariamente ligada a uma revista, foi guiando, nesses mesmos anos, editores tão diferentes como Kurt Wolff, Samuel Fischer, Ernst Rowohlt, Bruno Cassirer e, mais tarde, noutros países, Leonard e Virginia Woolf, Alfred Knopf e James Laughlin. E, por fim, Giulio Einaudi, Jérôme Lindon, Peter Suhrkamp e Siegfried Unseld.

Nos primeiros casos que citei, tratava-se de burgueses abastados e cultos, que tinham em comum um certo clima mental, que se lançavam nessa aventura com paixão, sem ilusões de a tornarem economicamente rentável. Fazer dinheiro produzindo livros era, na altura e ainda hoje, uma escolha das mais arriscadas. Com os livros, como todos sabemos, é fácil perder muito dinheiro e difícil ganhá-lo — e, de qualquer das formas, quando se ganha, é em quantidade pouco relevante, útil sobretudo para continuar a investir. O destino industrial dessas empresas foi variado: algumas editoras, como a Kurt Wolff, fecharam portas em poucos e gloriosos anos; outras, como a Gallimard, ainda estão vivíssimas e bem ancoradas às suas origens. Essas editoras desenvolveram todas uma identidade bem clara e inconfundível, definida não apenas pelos autores publicados e pelo estilo das publicações mas também pelas muitas ocasiões — em termos de autores e de estilo — em que souberam *dizer «não»*. E é este ponto que nos aproxima aos nossos dias e a um fenómeno oposto a que estamos a assistir: *a obliteração da identidade editorial.* Se compararmos a primeira década do século XX com a primeira década do século XXI, notamos desde logo que são caracterizadas por duas tendências claramente contrárias. Nos primeiros anos do século XX, começava a elaborar-se aquela ideia da editora como forma, que, depois, viria a dominar o século inteiro, dando, por vezes, um cunho decisivo à cultura de certos países em determinados anos (como aconteceu com a «cultura Suhrkamp» de que falou George Steiner a propósito da Suhrkamp, da Unseld em relação à Alemanha da década de 1970 ou também com a Einaudi, de Giulio Einaudi, em relação à Itália entre as décadas de 1950 e 1970). Na primeira década do século XXI, assistiu-se, ao invés, a um progressivo esbatimento das diferenças entre as editoras. Em rigor, como bem sabem os agentes literários mais perspicazes, atualmente, todas competem pela obtenção dos mesmos livros, e o vencedor apenas se distingue dos outros porque, ao vencer, adquiriu um título que vai revelar-se um desastre ou um sucesso económico. De seguida, após alguns meses, independentemente de ter sido um sucesso ou um fracasso, o livro em questão é engolido pelas trevas da *backlist*: finas trevas, que ocupam um espaço cada vez mais reduzido e inessencial, assim como o passado, em geral, na mente do hipotético comprador que a editora gostaria de conquistar. Tudo isto se percebe nos programas e, antes de mais, nos *catalogues*, aqueles boletins muito importantes em que os livros são apresentados aos livreiros e que, agora, alcançaram uma elevada taxa de intercâmbio, dada a linguagem, as imagens (incluindo as fotografias dos autores) e as motivações sugeridas para a venda e, por fim, o aspeto físico dos livros. Mas neste contexto, quem quiser definir que coisa uma determinada editora *não* pode fazer, porque simplesmente *não combina com ela*, encontra grandes dificuldades. Nos Estados Unidos, verifica-se que o nome e a marca da editora se tornaram uma presença cada vez mais discreta — e, por vezes, quase impercetível — nas capas dos livros, como se a editora não quisesse mostrar-se demasiado invasiva. Pode-se objetar que isso se deve às enormes mudanças estruturais que ocorreram e que ainda estão em curso no mercado do livro. Observação incontroversa, mas a que se pode responder dizendo que tais mudanças não são *per se* incompatíveis com a prossecução daquele conceito de edição como forma de que falei no início. Com efeito, uma das noções atualmente veneradas em qualquer ramo de atividade industrial é a de *marca*. Mas não há marca que não se baseie numa clara e severa seleção das opções. Caso contrário, a força da marca não se consegue elaborar nem desenvolver.

O meu receio é outro: a drástica mudança nas condições de produção pode ter levado muitos a acreditarem, erradamente, que aquela determinada ideia de edição, característica do século XX, é, hoje, no iluminado novo milénio, obsoleta. Avaliação apressada e infundada. Mas é preciso reconhecer que há já algum tempo que não se veem florescer projetos editoriais inspirados naquelas velhas mas sempre novas ideias. Outro sintoma desolador é uma certa falta de perceção da qualidade e vastidão da obra de um editor. Durante o verão de 2011 desapareceram duas grandes figuras do mundo editorial: Vladimir Dimitrijević, editor da Âge d'Homme, e Daniel Keel, editor da Diogenes. A obra deles é testemunhada por catálogos que abarcam milhares de títulos com os quais um adolescente ávido de leituras poderia alimentar-se, prazerosamente, durante anos. Mas bem pouco de tudo isto apareceu na imprensa que comentou o seu desaparecimento. De Daniel Keel apenas se disse que era «amigo dos seus autores», como se esta característica não fosse um requisito óbvio para qualquer editor, que, de resto, está sempre presente nos necrológios de certos *editors*, a quem se reconhece o facto de terem acompanhado afetivamente os seus autores. Mas um editor é uma coisa bem diferente de um *editor*. O editor é aquele que desenha a identidade, o perfil de uma editora. E, portanto, deve ser recordado e avaliado, antes de mais, pelas virtudes ou pelos defeitos desse perfil. Um caso ainda mais embaraçoso: o *Frankfurter Allgemeine* observa que Daniel Keel criou uma terceira possibilidade entre a «literatura séria» e a «literatura de entretenimento». Mas, para Keel, a Estrela Polar do seu gosto literário era Anton Tchékhov. Deveremos incluir também Tchékhov naquela terra de ninguém que não é ainda «literatura séria», mas que está para lá da «literatura de entretenimento» (e que, no caso da Diogenes, deveria incluir escritores como Friedrich Dürrenmatt, Georges Simenon ou Carson McCullers)? A triste suspeita é a de que estas apreciações sejam uma inconsciente vingança póstuma por causa de um feliz *slogan* que Daniel Keel inventou: «Os livros da Diogenes são menos aborrecidos.» O pressuposto inatacável desta frase é que, a longo prazo, só a qualidade não aborrece. Mas se a perceção da qualidade em tudo o que define um objeto — quer seja um livro quer seja uma editora — for ofuscada, por a qualidade ser considerada um fator irrelevante, o caminho abre-se a uma implacável monotonia, em que a única excitação será dada pelo estremecimento galvânico das grandes antecipações, das grandes tiragens, dos grandes lançamentos publicitários, das grandes vendas e, igualmente, das grandes multidões, destinadas a alimentar a exuberante indústria da reciclagem de papel.

Por fim, é cada vez mais evidente que, para a tecnologia informática, o editor é um obstáculo, um intermediário de que se pode facilmente prescindir. Mas a suspeita mais grave é a de que, neste momento, os editores estão a colaborar com a tecnologia no sentido de eles próprios se tornarem supérfluos. Se o editor renuncia à sua função de primeiro leitor e primeiro intérprete da obra, não se percebe por que razão é que a obra deveria entrar no plano de publicação de uma editora. É muito mais conveniente confiar num agente literário ou num distribuidor. Neste caso, seria o agente a fazer a primeira avaliação da obra, que consiste em aceitá-la ou não. E, como é óbvio, a avaliação do agente pode até ser mais perspicaz do que a avaliação do editor. Só que o agente não dispõe de uma forma nem a cria. O agente apenas gere uma lista de clientes. Ou, caso contrário, também se pode supor uma solução ainda mais simples e radical, em que apenas sobrevivem o autor e o (gigantesco) livreiro, o qual agregou em si as funções de editor, agente, distribuidor e — porventura também — cliente.

É com naturalidade que nos questionamos se isto significa o triunfo da democratização ou, pelo contrário, um embotamento generalizado. A meu ver, tendo para a segunda hipótese. Quando Kurt Wolff, há um século, publicou na sua coleção Der Jüngste Tag (O Dia do Juízo) prosadores e poetas estreantes como Franz Kafka, Robert Walser, Georg Trakl ou Gottfried Benn, estes escritores encontravam de imediato os seus primeiros e raros leitores porque havia algo de atrativo logo no aspeto desses livros, que se apresentavam como elegantes cadernos pretos com etiquetas e não eram acompanhados por declarações programáticas nem por lançamentos publicitários. Mas subentendiam algo que se podia logo percecionar no nome da coleção: subentendiam um *juízo*, uma avaliação, que é a verdadeira prova de fogo para o editor. Na ausência dessa prova de fogo, o editor pode até sair de cena sem ser demasiado notado e sem suscitar saudades. Só que neste caso deveria também procurar outra ocupação, pois o valor da sua marca estaria próximo do zero.

A folha solta de Aldo Manuzio

À distância de meio milénio do seu começo, o ofício de editor ainda não conseguiu alcançar uma reputação sólida. Um pouco vendedor, um pouco empresário de circo, o editor sempre foi olhado com alguma desconfiança, como uma espécie de hábil feirante. E, no entanto, pode ser que o século acabado de passar seja, um dia, considerado a idade de ouro da edição. Seria inútil reconstruir a cultura francesa do século XX sem seguir em todos os seus meandros a evolução da Gallimard; ou também, se investigarmos um período mais restrito, mergulhar no clima intelectual da década de 1970 sem nos referirmos à hipnótica intimidação que emanava das Éditions du Seuil; assim como bem pouco se perceberia do panorama alemão a partir da década de 1960 sem termos em conta os efeitos da Escola de Frankfurt, que era toda publicada na Suhrkamp; ou ainda menos se perceberia da cultura italiana do pós-guerra se ignorássemos a alta pedagogia da Einaudi; ou, por fim, seria incongruente percorrer a acrobática passagem em Espanha dos anos de Franco até aos nossos dias sem considerar o catálogo cronológico de três editores de Barcelona: Carlos Barral, Jorge Herralde e Beatriz Tusquets. É bem fundada a sensação de que, para desenhar o perfil de uma cultura, é significativo percorrer a paisagem editorial antes do panorama académico, onde agora os grandes estudiosos vivem numa espécie de isolamento forçado, mais ou menos consoante os países e os orçamentos de cada uma das universidades.

Mas será plausível que a idade de ouro novecentista da edição prossiga também no século XXI? As dúvidas são múltiplas e de natureza variada. A primeira diz respeito a um certo modo de considerar o próprio ofício que atualmente é dominante entre os editores. Com efeito, o mundo editorial deveria precaver-se em relação à Google, mas também precaver-se em relação a si mesmo, dada a sua cada vez mais frágil convicção de ser necessária. Antes de mais, nos países anglo-saxónicos, que são a vanguarda da edição, dado o predomínio da língua inglesa. Quando entramos numa livraria de Londres ou de Nova Iorque, é cada vez mais difícil reconhecer as editoras presentes nas mesas das novidades. Com grande sobriedade, o nome da editora reduz-se, amiúde, a uma ou mais iniciais na contracapa do livro. Quanto às capas, são todas diferentes e, num certo sentido, demasiado semelhantes. De quando em vez, apresentam uma tentativa de empacotamento, mais ou menos conseguida, de um texto. E cada livro vale por si próprio, em obediência ao princípio do *one shot*. Quanto aos autores, os seus livros são publicados com a marca de uma determinada editora e não de outra, antes de mais, em consequência das negociações entre o agente do autor e essa determinada editora e também da relação pessoal entre o autor e um determinado *editor*. A editora, enquanto tal, tende a tornar-se o anel supérfluo dessa corrente. Como é óbvio, subsistem notáveis diferenças de qualidade entre as editoras, mas isso ocorre no contexto de um leque que apresenta, num extremo, o *muito comercial* (associado à banalidade) e, no outro, o *muito literário* (associado à sonolência). O que fica no meio é uma continuidade onde se situam as várias marcas. Por exemplo, a Farrar, Straus and Giroux está mais próxima do extremo «literário», enquanto a St. Martin's Press está mais perto do extremo «comercial», mas sem que isso implique qualquer consideração ulterior e, sobretudo, sem que se excluam invasões de campo: o editor literário poderá, ocasionalmente, ser tentado pelo livro comercial, com a esperança de obter mais algum lucro, e o editor comercial poderá sempre ser tentado, dado que a aspiração ao prestígio é uma erva daninha que cresce por todo o lado, a publicar um livro literário.

Aquilo que é penoso nesta subdivisão — que também corresponde a um certo esquema mental — é que, antes de mais, é falsa. No leque que acabei de descrever, é claro que Simenon ou uma sua hipotética reincarnação atual, só para dar um exemplo, deveria ser incluído na zona altamente comercial e, portanto, não passível de valorização literária; e é claro que muitos que pertencem à funesta categoria dos «escritores para escritores» deveriam ser automaticamente atribuídos ao extremo literário. Mas em detrimento tanto do entretenimento como da literatura. O verdadeiro editor — uma vez que estes seres tão estranhos ainda existem — nunca pensa em termos de «literário» ou «comercial» (e bem sabemos que, frequentemente, o «bom» pode ser descurado e não reconhecido). E, sobretudo, o verdadeiro editor é aquele que tem a insolência de pretender que, por princípio, nenhum dos seus livros caia das mãos do leitor, seja por tédio ou por uma invencível sensação de estranheza.

Há cerca de um século, nasciam ou davam os primeiros passos algumas das mais importantes editoras do século XX: a Insel, a Gallimard e a Mercure de France. Tinham dois elementos em comum: primeiro, foram criadas por um grupo de amigos, mais ou menos abastados, todos eles com certas inclinações literárias; segundo, antes de se tornarem editoras, foram revistas literárias: *Die Insel*, *La Nouvelle Revue Française* e *Mercure de France*. De seguida, de cada um desses grupos, sobressaiu a figura daquele que viria a ser o editor: Anton Kippenberg, Gaston Gallimard e Alfred Vallette. Hoje, uma experiência do género seria impensável, os pressupostos mudaram. Por exemplo, morreu — ou, pelo menos, perdeu a subtil e delicada relevância que possuía — a própria categoria de revista literária. A única publicação periódica que mantém uma autoridade e uma influência indubitáveis é a *The New York Review of Books*, que se apresenta, porém, e antes de mais, como revista de recensões e, portanto, não corresponde àquela forma que porventura atingiu o seu ponto máximo de perfeição por volta de 1930 com os 29 números do jornal *Commerce*, sob as asas invisíveis e protetoras de Marguerite Caetani.

Se nos perguntarmos sobre o que mantinha tão fortemente unidos aqueles pequenos grupos de amigos do começo do século XX, a resposta não é tanto dada por aquilo que eles pretendiam (com frequência, muito confuso e indeterminado), mas por aquilo que eles recusavam. E era uma forma de *gosto* no sentido que Nietszche dava à palavra, portanto, «um instinto de *autodefesa*» («Não ver, não ouvir muitas coisas, não deixar que estas se aproximem — primeiro cuidado, primeira prova de que não somos um acaso, mas uma necessidade»). Devia tratar-se de uma medida realmente cuidadosa, pois deu provas de ser muito eficaz. Hoje, à distância de cem anos e duas gerações desde o fundador, a Gallimard é a primeira editora de França e ainda se distingue por um certo «gosto Gallimard», que permite discriminar com alguma aproximação se um livro é Gallimard ou não. Embora tudo tenha mudado no contexto, a fisiologia do gosto que mantinha unidos aqueles pequenos grupos de amigos seria ainda hoje um ótimo antídoto para certas editoras quando sobrevêm angústias periódicas acerca da própria identidade. Mas aí revelar-se-ia também que, em grande parte, se extinguiu aquele tecido de sensibilidade que envolvia o gosto ou, pelo menos, que se tornou uma superfície onde os rasgos são mais largos do que o próprio tecido. Mas isto não nos deveria deprimir. É claro que atualmente seria mais difícil e pouco praticável começar uma editora baseada nas inclinações de um pequeno clube de amigos.

Mas, ao mesmo tempo, o mundo da edição — se quisesse, se ousasse — teria à sua frente potencialidades que outrora não existiam. Nos últimos cem anos, alargou-se imensamente a área do que é *publicável*, basta pensarmos na enorme quantidade de materiais antropológicos, científicos, históricos e literários que se foram acumulando durante o século XX e que ainda estão à espera de encontrar um novo formato editorial. Na Adelphi, logo desde o início, tanto a coleção Biblioteca como todos os outros livros se baseavam neste entendimento tácito. Era a tentativa de fazer confluir textos e materiais heterogéneos e remotos naquela ampla e turbulenta corrente que arrasta consigo tudo o que uma mente desperta e ágil pode desejar ler. Com efeito, hoje, mais do que nunca, o mundo da edição pode fixar como objetivo principal, entre outros, o *deslocamento do limiar do publicável*, incluindo entre as coisas viáveis muito do que, no momento, está excluído. Seria um desafio enorme, não muito diferente dos primeiros tempos, quando Manuzio trabalhava em Veneza. E, porventura, é o momento de recordar qual foi o documento fundador da edição. Era uma *folha solta*, impressa pelo próprio Manuzio, que sobreviveu, felizmente, até hoje numa cópia colada na encadernação de um dicionário grego da Biblioteca Vaticana. Impressa por volta de 1502, essa folha continha o texto de um acordo entre estudiosos que preparavam edições de textos clássicos gregos para a editora de Manuzio. Nas palavras de Anthony Grafton, «eles concordavam em conversar somente em grego quando se reuniam, em pagar multas se faltassem ao que tinha sido combinado e de usarem o dinheiro (no caso de o acumularem) para oferecer um simpósio: um generoso jantar, que devia ser muito melhor do que aquele que habitualmente tinham os trabalhadores de Manuzio. Outros "filo-helénicos" poderiam ser acolhidos no grupo, com o passar do tempo». Hoje, não conseguimos saber se as regras daquela Nova Academia de Aldo Manuzio foram alguma vez aplicadas. Mas podemos recordar que também as 95 teses de Lutero e a Declaração dos Direitos do Homem e do Cidadão foram, originalmente, *folhas soltas*. Dito isto, é óbvio que a tendência do mundo editorial tem mirado e continua a mirar numa direção oposta. Deste modo, o campo daquilo que se pode fazer continua a restringir-se. «Seria bom, mas não se pode»: é uma frase muito frequente no mundo editorial, em todo o lado.

Mas se regressarmos aos primeiros anos do século XX e àqueles editores que se formaram tendo por base um sentimento de afinidade de um pequeno grupo de amigos, é fácil observar que, muitas vezes, com louvável insensatez, esses mesmos editores devem ter dito: «Seria bom, façamo-lo.» Caso contrário, não se consegue explicar como é que, durante anos, a Insel publicou, em edições de perfeita nitidez tipográfica, certos clássicos franceses (por exemplo, o *De l'Amour*, de Stendhal) em francês para o público alemão ou como é que o editor Eugen Diederichs ousou publicar, em 1914, à beira do começo da Primeira Guerra Mundial, uma edição monumental in-fólio das principais Upanixades traduzidas por Paul Deussen, o amigo de Nietzsche. E nem a Insel nem a Diederichs foram à falência por causa de apostas tão temerárias; aliás, à distância de um século, são ainda duas importantes siglas editoriais da Alemanha.

Atualmente, projetos deste género não chegariam a bom porto. Talvez porque os editores não têm imaginação adequada para os conceber? Ou talvez porque — objetam alguns — tais projetos seriam de imediato bloqueados por gestores editoriais demasiado precavidos? Claro que há um século, os editores de que falei não tinham gestores, apenas contabilistas. E isso provavelmente dava-lhes maior liberdade para arriscarem. Mas há algo mais. Durante os últimos cem anos, a própria fisionomia do editor também mudou, pelo menos se assim definirmos aquele que conhece os livros que publica e decide a forma que devem ter. Se aceitarmos esta definição, a muito poucos, hoje, se poderá atribuir a qualificação de *editor.* Provavelmente bastariam os dedos das duas mãos para os contar. Numerosos, cada vez mais numerosos, são, ao invés, os *editors,* se *editor* for aquele que descobre, segue, cuida e lança um certo número de livros no contexto do catálogo de uma editora. A cada *editor* está ligada uma lista de autores e livros como sendo *seus.* Porém, não a forma, o programa e o catálogo da editora para a qual trabalha. Mas se uma editora não for concebida como forma, como composição autossuficiente e regida por uma elevada compatibilidade fisiológica entre todas as suas partes, é muito fácil tornar-se um agregado ocasional, incapaz de libertar aquele elemento mágico que até os especialistas de *marketing* consideram essencial para alcançar algum sucesso no mercado: a força da marca.

E é aqui que se concentra o paradoxo contra o qual embate o gestor editorial, figura recente e, hoje, pervasiva no mundo dos livros: por um lado, os seus textos doutrinários exaltam a importância e o valor da marca; por outro lado, o seu modo de agir não pode deixar de diluir e, por fim, inutilizar a singularidade da própria marca.

Na sua forma platónica, o gestor editorial considera-se o representante de uma doutrina universal que se aplica a tudo, sem exceção, e cujos resultados devem ser avaliados, tal como qualquer outro ramo da sua doutrina, tendo por base os números que surgem no fundo de certas colunas de outros números. Esses números são as *bottom lines* e podem ser exaltantes, deprimentes, medíocres ou aceitáveis no mundo da edição de livros como no mundo da produção de botões, de cosméticos ou de qualquer outro objeto ou serviço que seja posto à venda. Só que a edição de livros — aqueles livros que não são manuais nem funcionais e que em Itália são publicados sob o nome involuntariamente cómico de *varia*[33] — é um dos ramos mais frustrantes e insidiosos ao qual se possa aplicar a doutrina do gestor. Isto parece excitar ainda mais, ao invés de afastar, os representantes da categoria, quase como se fossem domadores que querem demonstrar que nenhum cavalo caprichoso lhes resiste. Dá-se continuamente o caso de gestores que passam da grande indústria para o mundo da edição de livros. Mas não há casos de gestores que tenham crescido no mundo da edição e depois tenham passado para a grande indústria. No mundo da edição de livros, o gestor ou vem para ser engolido e desaparecer ou para ficar até

[33] «Variados», em português. [N. do T.]

ao fim, com resultados mais ou menos positivos. De qualquer das formas, nunca aconteceu que ao nome de um gestor se ligasse algum evento memorável do mundo da edição. E também nunca aconteceu aquilo que, ao invés, acontece nas relações entre a política e o mundo académico e financeiro, ou seja, a alternância de funções, o ir de um lado para o outro, em que o académico temporariamente *emprestado* à política regressa, depois, à vida académica, aumentando o *cachet* das suas conferências, ou o homem de finanças regressa a Wall Street com retribuições mais consistentes. Também não existem casos de gestores que tenham *feito fortuna* no mundo da edição de livros, ou, se a fizeram, tratou-se de fortuna não relevante, que não merece inscrição nos anais da história. Mas já se deram vários casos de gestores da grande indústria que, após um rápido mergulho no mundo da edição dos livros, regressaram apressadamente aos ambientes que lhes são familiares, antes de produzirem danos irreparáveis (ou até mesmo, com frequência, logo depois desses danos). Como se explica esta relutância do mundo da edição em se adequar a uma doutrina universal, e até agora intocável, como a da gestão ou, pelo menos, a fornecer-lhe resultados satisfatórios? Neste caso, é preciso, finalmente, entrar na peculiaridade do ramo.

A dimensão económica do mercado livreiro é, antes de mais, muito modesta. Por isso, os bons resultados, ainda que esforçadamente alcançados, jamais produzirão números impressionantes. É, pelo contrário, muito mais fácil alcançar perdas macroscópicas. Imaginemos que um grande gestor de um grupo editorial solicita aos seus *editors* para «roubarem» à concorrência um conjunto de autores de *best-sellers*, conquistando-os com um aumento substancial dos respetivos adiantamentos. E imaginemos o caso (não infrequente) de que todos os novos livros destes autores são um fracasso de vendas ou, pelo menos, produzem resultados muito inferiores aos adiantamentos. Neste ponto, só resta a tarefa de destruir centenas de milhares de exemplares que, em poucos meses, atulhariam o armazém, agravando o orçamento do ano seguinte. Nada mais. O livro do autor de *best-seller* que não atinge a meta à primeira quase nunca tem uma segunda oportunidade à disposição, como acontece com outros livros, que podem ser gradualmente descobertos ou redescobertos ou alcançar um sucesso inesperado numa edição económica. Quanto aos livros ligados à atualidade, publicados com grande urgência porque tratam de temas *de que toda a gente fala*, serão postos de lado pela própria atualidade, que obrigará rapidamente toda a gente a falar de outra coisa. Só falta termos em conta o efeito da publicidade e da promoção comercial, tema central da doutrina dos gestores, que exibem grande respeito pelo *marketing*. Ora, os custos da publicidade e da promoção comercial para cada livro tornam-se fácil e manifestamente desproporcionados. Um livro é um dos cem, duzentos ou trezentos objetos, produzidos pela mesma empresa, que esperam igualmente (ou, pelo menos, os seus autores esperam igualmente) serem publicitados; ao invés, um novo perfume é o objeto específico sobre o qual se concentra toda a energia promocional de uma marca. E os vídeos ou as fotografias que acompanham um perfume são mais eficazes em mostrar e fazer recordar do que as janelas publicitárias de um romance. Kate Moss ou Charlize Theron nunca fizeram publicidade a um romance. Com boas razões para tal. Por outro lado, um perfume pode, teoricamente, ser encontrado em centenas de aeroportos, da Ásia à Europa, passando pelos Estados Unidos, enquanto um livro italiano apenas tem alguma probabilidade de estar à venda em cerca de uma dezena de aeroportos italianos de média dimensão. Entre os grandes sucessos internacionais dos últimos 20 anos, não existe um único livro que tenha sido *imposto* pela publicidade; mas há muitos produtos de outro género dos quais se pode dizer que a natureza do objeto era menos importante do que a eficácia da campanha publicitária que o lançou.

Por trás de tudo isto parece delinear-se um cenário muito provável: uma nova paisagem do mundo editorial, povoada por muitos *editors*, por numerosos gestores editoriais e especialistas de *marketing*, e cada vez menos editores. Receio que muita gente não se dará conta desta mudança radical. Há coisas que desaparecem sem quase se fazerem notar. E, por vezes, são as coisas essenciais. Pouco a pouco, tornar-se-á menos frequente a pergunta «Quem é que publicou este livro?», pois a resposta será indiferente. Tudo se moverá insensivelmente na direção apontada por uma leitora anónima de cuja boca ouvi dizer, certa vez, que ela nunca fazia caso de quem eram o editor e o autor dos livros que lia. E o que acabará por acontecer? Os livros, bons ou maus, existirão sempre. Mas os bons aparecerão sempre como eventos esporádicos, isolados, sem contexto congenial preparado para os acolher. No resto, pouco mudará nos escaparates dos livreiros. Talvez se dilua uma figura de que muita gente, demasiado tarde, se aperceberá de que desempenhava uma função vital: a editora, o conceito de editora e a sua forma.

A única consolação será, então, o pensamento de que aquilo que é mais provável nem sempre se verifica. Ou seja, que a virtude nem sempre é castigada.

Discorri até agora sobre dois perigos que pairam sobre o mundo editorial dos nossos dias: por um lado, a autocensura dos editores às suas próprias ideias; por outro lado, as iniciativas desmedidas de gestores que sabem demasiado pouco dos objetos com que lidam (os próprios livros). Mas há mais um perigo, que está perante o olhar de todos: a luta contra o *copyright*.

Nesta luta, que hoje está ao rubro, escondem-se motivos que estão para lá do âmbito dos direitos de autor. O impulso secreto do movimento é o desprezo por aquilo que o direito italiano define como «obras culturais»[34]. A recusa em as remunerar, numa civilização que proíbe a não remuneração dos funcionários de limpeza, implica que a obra cultural não é considerada trabalho executado. Mas se não o é, como devemos considerá-la então? Como publicidade que o autor faz a si próprio. Em que o pagamento da publicidade seria em espécie, ou seja, o próprio trabalho acabado do autor ao dar forma à sua obra. Deste ponto de vista, o autor não vive dos proventos resultantes das vendas das

---

[34] *Opere dell'ingegno*, no original. [N. do T.]

suas obras, mas sim do facto de a sua obra suscitar convites para manifestações públicas, comissões, consultorias, estadas em *campus* criativos, estes, sim, adequadamente retribuídos. E assim se reconstitui um equilíbrio tolerável.

Para que esta conceção passe para a opinião pública e acabe por se impor — como, de facto, se está a impor —, é necessário que toda a espécie de obras da mente seja considerada *comunicação*: entidade informe, sem começo nem fim, composta por sujeitos que valem tanto como os sujeitos de uma amostra estatística. Esta condição humilhante e indigna corresponde ao *esoterismo compulsivo* que caracteriza de maneira cada vez mais evidente o inominável atual. Tal como no *sattra*, o ritual védico mais ousado, extremo e interminável, em que caía a distinção entre sacrificante e oficiantes — e com ela caía a obrigação dos honorários rituais para os oficiantes (a *dakṣiṇā*, sem a qual o próprio rito não era considerado eficaz) —, também no mundo da Internet tende a cair a diferença entre obra e comunicação, entre o autor e o genérico «digitante». Em consequência, cessa também a obrigação de remunerar a obra do autor, uma vez que todos são autores. Hoje, alguns dos mais incansáveis produtores de opinião contemplam este estado de coisas como uma auspiciosa conquista da democracia, uma sua globalização, um prelúdio de outras conquistas que deverão ser postas em ação não apenas na rede. E é esta a forma mais sub-reptícia e atualizada da *bêtise* que flagelava o mundo no tempo de Baudelaire e de Flaubert. Mas, obviamente, apetrechada de meios muito maiores, além da sua potencial ubiquidade.

Dito isto, não quero suscitar a impressão de que, atualmente, o mundo da edição, no sentido que tentei descrever — isto é, a edição em que o editor só se diverte quando consegue publicar bons livros —, é uma causa perdida. Na realidade, é apenas uma causa muito difícil. Mas não mais difícil do que era em 1499, quando Aldo Manuzio, em Veneza, publicou um romance de um autor desconhecido, escrito numa língua híbrida, feita de italiano, latim e grego. Também o formato era inusual, assim como as numerosas xilografias que ilustravam o texto. E, no entanto, trata-se do livro mais belo que alguma foi publicado: o *Hypnerotomachia Poliphili*. Um dia, haverá sempre a possibilidade de alguém o tentar igualar.

Notas aos textos

Apresentam-se, de seguida, os locais em que os textos reunidos neste livro apareceram ou foram lidos pela primeira vez.

I

Os livros únicos: a primeira parte (pp. 11–29) foi publicada no jornal *La Repubblica*, em 27–28 de dezembro de 2006; a segunda parte (pp. 29–79) é inédita; a terceira parte (pp. 79–89) foi pronunciada por ocasião da inauguração da exposição *Religioni e Mitologie. Un Itinerario nel Catalogo Adelphi*, em 24 de janeiro de 1995, na Biblioteca dei Frati di Lugano.

II

A edição como género literário: conferência em Moscovo, no Museu Nacional de Arquitetura Ščusev, em 17 de outubro de 2001.

A badana das badanas: prefácio ao livro *Cento Lettere a Uno Sconosciuto*, Adelphi, Milão, 2003.

III

Giulio Einaudi: *Corriere della Sera*, 15 de abril de 1999.

Luciano Foà: *La Repubblica*, 29 de janeiro de 2005.

Roger Straus: *in Roger W. Straus. A Celebration*, Farrar, Straus and Giroux, Nova Iorque, 2005, pp. 115–118.

Peter Suhrkamp: *Corriere della Sera*, 19 de outubro de 1975.

Vladimir Dimitrijević: discurso em Lausanne por ocasião do vigésimo aniversário da editora L'Âge d'Homme, em 6 de novembro de 1986.

IV

***Faire plaisir*:** texto inédito.

A obliteração da identidade editorial: discurso em Paris por ocasião dos trabalhos do Bureau International de l'Édition Française, no 1.º de dezembro de 2011.

A folha solta de Aldo Manuzio: discurso em Barcelona por ocasião do *Fòrum Atlàntida. La Funciò Social de l'Editor*, em 3 de novembro de 2009.